AU MANS, CHEZ LES PRINCIPAUX LIBRAIRES

Et chez les Petites-Sœurs des Pauvres

L'AVARE

COMÉDIE DE MOLIÈRE EN CINQ ACTES

MISE EN VERS

Par A. MALOUIN

ADMINISTRATEUR DE L'HOPITAL GÉNÉRAL DU MANS

Se vend au bénéfice des Petites-Sœurs des Pauvres

PRIX : 2 FR. 50

PARIS

DESERRE, LIBRAIRE-ÉDITEUR

Galerie Montpensier, 2, Palais-Royal

1859

À

MON EXCELLENT AMI

M. CAMILLE BOURCIER

CONSEILLER A LA COUR IMPÉRIALE D'ANGERS

HOMMAGE

De ma vive et sincère amitié

A. MALOUIN.

Qu'un ami de collége *est une douce chose !*
Notre main dans sa main avec bonheur repose.
Cette amitié, datant des jeunes ans,
Permet qu'on s'aime et mieux et plus longtemps
Qu'avec tout autre ami.

PRÉFACE.

Parmi les immortels chefs-d'œuvre de Molière, l'Avare brille sans contredit au premier rang.

Dans la peinture du caractère d'Harpagon, représenté sous tant de faces diverses, Molière a mis partout la forte empreinte de son génie, et s'est montré bien supérieur à Plaute, auquel il a emprunté quelques-uns des traits de son *Avare*.

Il ne fallait rien moins que le merveilleux talent de cet illustre peintre de la nature et de la société, pour nous intéresser, pour nous divertir avec ce personnage de l'*Avare*, tant il a su en saisir et en faire ressortir le côté comique, en laissant le côté odieux dans l'ombre.

Car force est bien de le reconnaître; Harpagon est au fond l'homme le plus odieux qu'on puisse rencontrer : sans cœur, ni âme, un mauvais père après avoir été un mauvais mari, sans aucun doute; dominé, possédé tout entier par une seule passion, la vile passion de l'or, à laquelle il sacrifie tout le monde et toutes choses.

A côté de ce triste et pourtant si comique personnage, Molière a placé, pour former contraste, ses deux enfants, pleins de cœur, aux sentiments généreux, et qui font peu de cas de cet or qui les prive de l'affection d'un père.

Tous deux, le frère et la sœur, sont dans l'âge des amours. Molière les a faits amoureux.

Il nous les représente cédant à ce tendre penchant qui sied si bien à la jeunesse, se laissant aller aux douces illusions qu'il fait naître, sensibles aux charmes et aux qualités de la personne aimée, indifférents à tout le reste.

C'est surtout dans la peinture de ces sentiments qu'excelle Molière.

Il y met un naturel, une vérité, une délicatesse qui n'appartiennent qu'à lui ; et jamais amoureux n'ont parlé plus doux et plus touchant langage.

De tout temps ce poète a été mon auteur favori.

Je n'en connais aucun dont la lecture soit plus attrayante, plus attachante, plus instructive, peut-être. Ce peut-être est de trop.

Que de fois j'ai relu ses immortels ouvrages !

Que de fois je les ai vus représenter avec un sentiment de plaisir toujours nouveau !

En relisant, pour la centième fois au moins l'*Avare*, je me sentis un jour en proie à un état d'agitation, de fièvre, que je n'ose appeler un état d'inspiration poétique.

Ce sera, si l'on veut, un accès de métromanie.

Toujours est-il que me reportant par mes souvenirs à cet âge, le bel âge par excellence, si rempli d'illusions de tout genre, et qu'on se prend à regretter plus vivement à mesure qu'on s'en éloigne davantage; séduit, entraîné par la peinture de ces sentiments si bien rendus *dans une prose éminemment poétique*, je ne pus résister au désir de mettre en vers les deux premières scènes, toutes parfumées de cet amour vrai, désintéressé, qui fait le riche apanage de la jeunesse.

Ces scènes achevées, je me sentis dominé par la pensée d'entreprendre les scènes suivantes.

Une fois engagé dans cette voie, il ne me fut plus possible de m'arrêter, tant ce travail devenait attrayant pour moi; aussi je m'y abandonnai sans trêve, sans relâche, avec une ardeur toute juvénile.

Que mes journées étaient bien remplies!

Que de bonnes nuits j'ai passées sans sommeil!

Pendant qu'échauffé par la composition, je cédais au plaisir d'étudier Molière, de m'attacher à chacune de ses pensées pour essayer de les rendre de mon mieux (en conservant une foule d'expressions qu'il était impossible de ne pas reproduire, tant les oreilles sont habituées à les entendre comme les esprits à les apprécier, et parce que d'ailleurs elles font partie intégrante de la comédie), mon entreprise me paraissait plus agréable que difficile.

Aujourd'hui, à la veille de livrer cet essai à la publicité, je ne vois plus tout-à-fait de même, et en pensant que j'ai touché à un chef-d'œuvre de Molière, je me surprends à craindre qu'on ne m'accuse d'une grande témérité, pour avoir osé enchâsser dans une monture de ma façon, des diamants si beaux, brillants d'un si vif éclat et montés avec un art si merveilleux.

A cet égard, et sans prétendre invoquer plus d'un précédent, dont un de très-récente date, je me bornerai à dire que cette entreprise a été conçue et exécutée à titre d'étude, dans un esprit de vive admiration et de profond respect pour Molière.

Or, l'étude des grands maîtres me paraît toujours permise, et on conviendra sans peine que je ne pouvais m'adresser à un meilleur et plus illustre maître en toutes choses.

Du reste, il n'est pas entré un seul instant dans ma pensée de faire de la publication de cet essai une spéculation.

Je m'estimerais heureux si l'*Établissement de nos Petites Sœurs des Pauvres*, auquel le produit en est destiné, pouvait en retirer quelque avantage.

La maison desservie par ces Sœurs est devenue trop étroite, et doit être bientôt remplacée par des bâtiments plus vastes, plus en rapport avec les besoins des vieillards pauvres.

Ces bâtiments sont dans un état de construction fort avancé.

Les bonnes Sœurs les ont fait élever, sans avoir d'argent, confiantes qu'elles sont dans la Providence et dans la charité, qui, nous en sommes sûr, ne leur feront défaut ni l'une ni l'autre.

Ce serait pour moi une grande et vive satisfaction que de venir en aide à une œuvre admirable, fruit de la charité chrétienne, et si digne des encouragements comme des sympathies de tous.

Le Mans, 24 décembre 1858.

PERSONNAGES :

HARPAGON, *père de Cléante et d'Élise.*

ANSELME, *père de Valère et de Mariane.*

CLÉANTE, *fils d'Harpagon, amant de Mariane.*

ÉLISE, *fille d'Harpagon.*

VALÈRE, *fils d'Anselme et amant d'Élise.*

MARIANE, *fille d'Anselme.*

FROSINE, *femme d'intrigue.*

Maître SIMON, *courtier.*

Maître JACQUES, *cuisinier et cocher d'Harpagon.*

LA FLÈCHE, *valet de Cléante.*

Dame CLAUDE, *servante d'Harpagon.*

BRINDAVOINE, } *laquais d'Harpagon.*
LA MERLUCHE, }

Un Commissaire.

La scène est à Paris, dans la maison d'Harpagon.

L'AVARE

COMÉDIE EN CINQ ACTES

ACTE PREMIER

SCÈNE PREMIÈRE.

VALÈRE, ÉLISE.

VALÈRE.

Daignez, charmante Élise, oh! je vous en supplie,
M'apprendre d'où vous vient cette mélancolie!
Vous avez bien voulu, cédant à mon ardeur,
En échange du mien m'accorder votre cœur;
Et lorsque confiant dans votre foi donnée,
Je caresse l'espoir d'un charmant hymenée,
Il semble que ma joie excite vos soupirs.
Regrettez-vous d'avoir exaucé mes désirs,
De m'avoir fait heureux?

ÉLISE.

Croyez-le bien, Valère,
Je ne me repens point de ce que j'ai pu faire.
A l'attrait tout puissant qui vers vous m'attirait,
Par doux entraînement j'ai cédé sans regret,

Sans force pour vouloir qu'il en fût d'autre sorte.
Pourtant si mon regard vers l'avenir se porte,
Je doute du succès, et crains de laisser voir
Plus d'amour que n'en veut permettre le devoir.

VALÈRE.

Dans vos bontés, Élise, eh ! que pouvez-vous craindre?
De moi, de mon amour, avez-vous à vous plaindre?

ÉLISE.

Ce que je crains, hélas! cent choses à la fois,
A votre amour pour moi je dois croire, je crois.
Mais je n'en crains pas moins l'emportement d'un père,
Le blâme de parents, du monde si sévère;
Et plus que tout encor je crains que votre cœur
Vienne à changer. J'ai foi, Valère, en votre honneur;
Vous m'en avez donné d'assurés témoignages.
D'un innocent amour si les trop ardents gages
Allaient vous détacher de moi! Par la froideur
Si vous alliez payer...

VALÈRE.

Chassez cette frayeur,
Ne jugez pas de moi, de mon cœur par les autres!
Mes sentiments en tout sont conformes aux vôtres.
Moi, changer! non, jamais, non, mon ardent amour
N'est pas de ceux que voit naître et mourir un jour.
Sincère, il tient mon âme à vos lois asservie :
Je sens qu'il ne pourra finir qu'avec ma vie.

ÉLISE.

Ah! Valère, chacun tient les mêmes discours?
Tous ne parlent jamais qu'éternelles amours.
Bientôt leurs actions démentant leurs paroles,
Ne nous font que trop voir combien nous sommes folles
D'ajouter confiance aux protestations...

VALÈRE.

S'il faut s'en rapporter aux seules actions,
A juger de mon cœur par elles, c'est d'attendre.
Je fus toujours pour vous respectueux et tendre.
Pourquoi s'abandonner à des doutes fâcheux?
Votre crainte est injuste et nous blesse tous deux :
A prévoir des chagrins votre esprit s'ingénie.
Ne m'assassinez pas, Élise, je vous prie,
Par les sensibles coups d'un soupçon outrageux.
Ah! de l'honnêteté de mon cœur, de mes feux,
Pour vous convaincre, moi, je suis prêt à tout faire.

ÉLISE.

Pour nous persuader tout ce qu'il veut, Valère,
Qu'un amant a beau jeu quand le cœur est épris!
De vos tendres respects mon estime est le prix.
Oui, d'abuser mon cœur le vôtre est incapable;
Je crois que vous m'aimez d'un amour véritable;
Votre fidélité, je n'en veux pas douter ;
Mais du blâme public je dois m'inquiéter.

VALÈRE.

Qui peut vous inspirer pareille inquiétude?

ÉLISE.

Je n'aurais sur ce point nulle sollicitude,
Si chacun vous voyait des yeux dont je vous vois;
Car pour justifier ma conduite, mon choix,
Je trouve cent raisons pour une. Le mérite
Si grand qui brille en vous, et pour vous sollicite,
Exerce sur mon cœur un absolu pouvoir.
En cédant à vos vœux j'accomplis un devoir.
Le sentiment si doux de la reconnaissance
Devrait auprès de tous me servir de défense.
Le ciel ne fait-il pas une charmante loi

D'aimer qui se dévoue? Ah! puis-je oublier, moi,
Qu'à la fureur des eaux exposant votre vie...
La lumière du jour sans vous m'était ravie.
De plus, et non content d'avoir sauvé mes jours,
Vous m'avez prodigué de généreux secours.
Par vos soins empressés, par vos transports charmée,
Je vous dois le bonheur d'aimer et d'être aimée:
Oui, votre amour grandit à l'épreuve du temps;
Et, négligeant pour moi patrie, amis, parents,
Pour me voir chaque jour, d'un père tyrannique
Vous avez accepté l'emploi de domestique.
Je l'avouerai, ces traits si pleins de dévouement
Vous assurent ma foi; mais cet engagement
Où j'ai pu consentir est-il aux yeux des autres
Comme aux miens?

VALÈRE.

Quels pensers, Élise, sont les vôtres?
D'aucun mérite ici je ne veux me piquer,
Et c'est mon amour seul que je veux invoquer.
Aux scrupules cessez d'abandonner votre âme;
Et quand tous deux brûlons d'une si belle flamme,
Pourquoi de votre père attendre le courroux?
Faut-il vous marier pour lui, non pas pour vous.
Son défaut d'amitié, son excès d'avarice
Pour ses enfants, chacun le sait. Son injustice
Permet que votre cœur se donne librement.
A-t-il droit de forcer votre consentement?
Chère Élise, en m'aimant vous n'êtes pas coupable,
Votre père à mes vœux deviendra favorable,
Si je puis quelque jour retrouver mes parents:
Ma fortune, mon sort seraient bien différents!
D'entendre parler d'eux mon désir est extrême;

Et pour les découvrir je partirai moi-même,
Si cela tarde encor.

ÉLISE.

D'ici ne bougez pas,
Si de mon sentiment au moins vous faites cas;
Et sûr de mon amour, dans l'esprit de mon père
Songez à vous bien mettre en tâchant de lui plaire.

VALÈRE.

Vous le voyez, c'est là, depuis plus de deux mois,
Le but de mes efforts. Je rougis quelquefois
De jouer près de lui semblable personnage,
Que d'adresse, grand Dieu ! j'ai dû mettre en usage
Pour m'introduire ici ! Que de déguisements
Pour lui plaire! Affectant rapports de sentiments,
Semblants de sympathie, à gagner sa tendresse
Avec soin et succès je m'applique sans cesse.
Des hommes pour gagner l'esprit ou la faveur
Il n'est, et je l'éprouve, aucun moyen meilleur
Que d'adopter toujours leurs goûts, leurs sympathies,
Citer comme bons mots leurs moindres reparties,
Entrer dans leurs travers, encenser leurs défauts,
Approuver leurs avis véritables ou faux,
Les applaudir en tout. Oui, c'est chose indicible,
Comme à la flatterie on se montre accessible.
Chargez la complaisance ; à ce prix le succès
Vous attend : la louange est avide à l'excès.
Ne craignez en l'outrant de chagriner personne,
Elle plaît toute à tous, pourvu qu'on l'assaisonne;
Dupe et les yeux fermés chacun s'y laisse aller;
Il n'est propos flatteur qu'on ne fasse avaler,
Fût-il impertinent, ou même ridicule :
Les plus fins y sont pris. J'ai bien quelque scrupule,

La sincérité souffre au métier que je fais ;
Pour arriver à vous je n'ai pas d'autre accès :
Mon excuse est là toute, et ce n'est pas ma faute.
Certes, j'aimerais mieux marcher la tête haute ;
Mais quand on a besoin des hommes, il faut bien
Se courber en flatteur, ou l'on n'arrive à rien.
C'est en vain qu'on tiendrait, honnête homme et sincère,
A rester dans le vrai. Quiconque veut leur plaire,
Doit s'ajuster aux gens. Du mal les vrais auteurs
Sont ceux qu'il faut qu'on flatte, et non pas les flatteurs.

ÉLISE.

Tâchez donc à gagner l'amitié de mon frère,
Son appui nous pourrait devenir nécessaire,
Si la servante allait trahir notre secret.
Mon frère est bon, il m'aime, et je le sais discret.

VALÈRE.

Ménager l'un et l'autre est assez difficile ;
Votre père et son fils parlent peu même style,.
D'esprit, de caractère ils sont trop différents
Pour faire confidence aux deux en même temps.
Mais pour vous votre frère éprouve amitié tendre ;
Que ne lui parlez-vous ? il voudra vous défendre.
De notre cher secret s'il vous semble à propos
De lui dire sinon tout, au moins quelques mots,
Faites ; il vient, je sors.

ÉLISE.

Lui faire confidence !
En aurai-je la force ? il le faut ; confiance.

SCÈNE II.

CLÉANTE, ÉLISE.

CLÉANTE.

(A part). *(Haut).*
Elle est seule, tant mieux. Je vous cherchais ma sœur;
Je brûlais du désir de vous ouvrir mon cœur,
Pour vous dire un secret qui grandement me touche ;
C'est la première fois que j'en ouvre la bouche.

ÉLISE.

Ce secret, quel est-il? Votre air mystérieux
M'intrigue fort : J'écoute, allez.

CLÉANTE.

C'est sérieux,
Très-sérieux, Élise, et mon trouble est extrême.
Un seul mot vous dira tout.

ÉLISE.

Et ce mot, c'est?

CLÉANTE.

J'aime ;
Oui, j'aime, mais avant de poursuivre plus loin,
Je dirai que je sais, et sans qu'il soit besoin
De me le rappeler, que je dépends d'un père,
Et qu'à ses volontés me soumettre et me taire
Est mon devoir de fils; que nul engagement
De notre foi n'est bon sans le consentement
Des auteurs de nos jours; qu'à notre obéissance,
Ils ont droit par leur titre et leur expérience ;
Que n'étant prévenus d'aucune folle ardeur,
Ils sont pour leurs enfants un guide moins trompeur
Qu'un amour qui souvent n'est que de la faiblesse.
Leur prudence vaut mieux que l'aveugle tendresse

Qui nous prend, nous entraîne, et dans nos passions
Nous fait commettre tant de folles actions.
Dans tous ses sentiments la jeunesse légère
A besoin des conseils d'une mère, d'un père;
Et pour n'avoir voulu consulter que son cœur,
Souvent se précipite au devant du malheur.
Tout cela, je le sais, et je le dis, Élise,
Afin de prévenir de vous toute entreprise
Pour me faire changer. Je ne veux en ce jour
Écouter que la voix de mon ardent amour.
Si vous m'aimez, ma sœur, dans cette circonstance
Vous ne m'adresserez aucune remontrance.

ÉLISE.

A l'objet de ce vif et tendre attachement
N'êtes-vous point lié par quelque engagement?

CLÉANTE.

Il est bien vrai, ma sœur, qu'aucun lien encore
Ne m'engage à la femme aimée et que j'honore.
Mais j'y suis décidé : dans cette occasion
Rien ne peut ébranler ma résolution.
Ce langage sans doute, Élise, vous étonne.

ÉLISE.

Me trouvez-vous, mon frère, une étrange personne?

CLÉANTE.

Je ne dis pas cela; mais c'est que votre cœur
Ne connaît pas l'amour, cette charmante ardeur
Qui fait dans tous nos sens couler si douce ivresse,
Et j'appréhende fort, ma sœur, votre sagesse.

ÉLISE.

Ma sagesse! hélas! oui, soit dit sans vous choquer,
Une fois en sa vie on peut bien en manquer;

Et de moi vous prendrez opinion toute autre,
En lisant dans mon cœur comme moi dans le vôtre.

CLÉANTE.

Plût au ciel que l'amour... j'en serais bien joyeux.

ÉLISE.

De celle qui charma votre cœur et vos yeux,
Quel est le nom, le rang, et quelle est la famille ?

CLÉANTE.

C'est bien la plus aimable et douce jeune fille
Qu'on puisse rencontrer, belle comme le jour,
Et dont la seule vue inspire de l'amour.
Esprit, grâces, talents, pour elle la nature
A prodigué ses dons. Aussi, je vous l'assure,
Du jour que je la vis, un entraînant transport
La rendit pour jamais l'arbitre de mon sort.
Mariane est son nom; son excellente mère,
Malade, dans son lit, presque l'année entière,
De cette aimable enfant reçoit les tendres soins.
Je redouble d'amour, pourrais-je faire moins?
Lorsque je suis témoin jusqu'où s'étend son zèle.
Le jour, la nuit, sans cesse on la voit auprès d'elle,
La servir et la plaindre, et puis la consoler
Avec une amitié dont j'aime à vous parler.
Elle se prend d'un air le plus charmant du monde
Aux choses qu'elle fait; sa grâce est sans seconde,
Et dans ses actions brille ; mais sa bonté
Toute engageante, enfin sa douce honnêteté,
Me touchent encor plus, rendent mon âme émue;
Ah! ma sœur, je voudrais tant que vous l'eussiez vue!

ÉLISE.

J'en vois beaucoup, mon frère, et par votre récit,

Je comprends ce qu'elle est; d'ailleurs il me suffit
Que vous l'aimez.

CLÉANTE.

Sous main, j'appris que leur fortune
Est faible, et ce n'est pas là ce qui m'importune ;
Que la gêne, malgré l'ordre le plus parfait,
De ces dames parfois au foyer s'asseyait.
Figurez-vous, ma sœur, quel plaisir vif, extrême,
C'est que de relever la personne qu'on aime ;
Par des moyens discrets et par d'adroits détours,
A des gens vertueux de donner ces secours
Que les nécessités modestes de leur vie
Demanderaient en vain même à l'économie.
Je suis triste en pensant que de pressants besoins
Peuvent les tourmenter; si je pouvais, du moins...
L'avarice d'un père à chaque instant croissante,
En me refusant tout, rend ma main impuissante ;
A goûter cette joie, il me faut renoncer.
Faute de quelque argent à pouvoir dépenser,
Je suis privé d'offrir le moindre témoignage
De mon sincère amour ; ce dont parfois j'enrage.

ÉLISE.

Je conçois ce chagrin, mon frère, croyez bien
Qu'il me touche.

CLÉANTE.

Il est grand, très-grand ! car voit-on rien
De plus cruel, enfin, que cette épargne rude
Sur tous deux exercée, et cette solitude
Où mon père nous tient pour mieux nous asservir ?
A quoi d'avoir du bien pourra-t-il nous servir,
Si, dénués de tout aux jours de la jeunesse,
Il nous faut pour jouir attendre la vieillesse,

Alors qu'il n'est plus temps; si pour m'entretenir,
Il me faut maintenant, engageant l'avenir,
Emprunter à tout prix, et non sans grande peine,
Vivre mesquinement, et toujours dans la gêne ?
Avec vous chaque jour ne suis-je pas réduit
Auprès de nos marchands à chercher du crédit,
Pour nous vêtir au moins de façon raisonnable.
Cette position devient intolérable.
Enfin, ma chère sœur, j'ai voulu vous parler,
Pour me venir en aide, et tous les deux aller
Sur mon amour sonder les sentiments d'un père;
Et s'il veut se montrer à tous les miens contraire,
Lui dire nettement mes résolutions
De demeurer fidèle à mes affections.
Et qu'il n'espère pas que je les abandonne!
Je préfère, en suivant cette aimable personne,
D'aller en d'autres lieux avec elle jouir
De tel sort que le ciel voudra bien nous offrir.
Oui, tel est mon dessein très-arrêté, très-ferme.
Je ne puis plus attendre; à tout il faut un terme.
Par La Flèche, garçon actif, intelligent,
Je fais chercher partout pour avoir de l'argent.
Si votre affaire en tout à la mienne est semblable,
Et qu'à nos chers désirs notre père intraitable
Oppose, sans motif, un refus persistant,
Alors, sans hésiter, tous les deux le quittant,
Nous nous affranchirons de cette tyrannie,
Fruit de son avarice, et trop longtemps subie.

ÉLISE.

De querelles ce sont toujours nouveaux sujets;
Notre mère n'est plus! ô douleur, ô regrets!
Elle nous aimait tant! Chaque jour davantage

Nous devons regretter ce cœur si bon, si sage,
Si noblement ouvert à tous les dévouements :
Elle eût de notre amour compris les sentiments.
Mon père...

CLÉANTE.

Je l'entends. De notre confidence,
Allons causer plus loin, et pour la résistance
Nous concerter tous deux, aviser, arrêter
Tous nos moyens d'attaque, afin de l'emporter
Sur sa terrible humeur.

SCÈNE III.

HARPAGON, LA FLÈCHE.

HARPAGON.

Hors d'ici tout à l'heure;
Qu'on ne réplique pas. Allons, de ma demeure
Détale promptement, maître juré filou,
Vrai gibier de potence!

LA FLÈCHE (*à part*).

Ah! peste du vieux fou!
On n'est pas plus méchant! Quelle maudite engeance!
Oui, sauf correction, je dis comme je pense,
Qu'il a le diable au corps.

HARPAGON.

Tu murmures, je crois!

LA FLÈCHE.

Pourquoi me chassez-vous?

HARPAGON.

Ce pendard à la fois
M'irrite et me confond. Sors vîte, ou je t'assomme.

LA FLÈCHE.

Mais enfin, de chez soi lorsque l'on chasse un homme,
On doit au moins lui dire...

HARPAGON.

Il lui faut des raisons!
Il te sied bien, maraud...

LA FLÈCHE.

Sans nous fâcher, causons.
Que vous ai-je donc fait pour me mettre à la porte?

HARPAGON.

Tu m'as fait, tu m'as fait que je veux, qu'il m'importe
Que tu sortes d'ici.

LA FLÈCHE.

Mon maître, votre fils
M'a bien recommandé de l'attendre au logis.

HARPAGON.

L'attendre ici? Non pas : attends-le dans la rue.
Je ne veux pas te voir faisant le pied de grue,
Écouter, épier, de tout faire profit.
Je suis las devant moi d'avoir un vrai bandit,
Se posant espion de toutes mes affaires,
Un traître, un double gueux digne au moins des galères,
Dont les yeux assiégeant toutes mes actions
Dévorent ce que j'ai, qui cherche occasions
De fureter partout, de tous côtés regarde
S'il ne peut rien voler.

LA FLÈCHE.

Oh! oui, prenez bien garde.
Diantre, habile celui qui pourra vous voler!
Vous, un homme volable? on vous voit tout céler
Avec un trop grand soin, et faire sentinelle
Jour et nuit : vous voler serait chose nouvelle.

HARPAGON.

Ne puis-je renfermer tout ainsi qu'il me plaît,
Et faire sentinelle à mon aise? Il paraît
Que de mouchard tu sais fort bien remplir l'office,
Et t'occupes de tout, pendard, hors du service.
(*A part.*) Pour mon argent je crains ce mauvais garnement.
(*Haut.*) Ne serais-tu pas homme à dire méchamment
Que j'ai dans ma maison une cache secrète
Où j'ai mis de l'argent?

LA FLÈCHE.

Quoi, dans une cachette
Votre argent...

HARPAGON.

Non, coquin, je ne dis pas cela.
(*A part.*) J'enrage. (*Haut.*) Je te dis : à semer ce bruit-là
N'aurais-tu pas cherché par surcroît de malice?

LA FLÈCHE.

Ayez ou n'ayez pas d'argent, votre injustice
Nous fermant votre bourse ainsi que votre cœur,
En serions-nous bien mieux?

HARPAGON (*levant la main pour donner un soufflet à La Flèche*).

Tu fais le raisonneur?
De ce raisonnement je veux pour ton salaire
Te bailler. Sors.

LA FLÈCHE.

Je sors.

HARPAGON.

Tu ne saurais mieux faire.
Ne m'emportes-tu rien?

LA FLÈCHE.

Que pourrais-je emporter?

HARPAGON.

Viens ça. Montre tes mains, je veux les visiter.

LA FLÈCHE.

C'est juste, les voilà.

HARPAGON.

Les autres.

LA FLÈCHE.

Hein, les autres?

HARPAGON.

Oui, vite.

LA FLÈCHE.

Les voilà. Je vous baise les vôtres.

HARPAGON (*montrant le haut-de-chausses de La Flèche*).

N'as-tu rien là-dedans?

LA FLÈCHE.

Vous-même y pouvez voir.

HARPAGON (*tâtant le bas des hauts-de-chausses de La Flèche*).

Ces hauts-de-chausses sont propres à recevoir
Les choses qu'on dérobe; et je pousse la haine
A ce point contre tous que j'enverrais sans peine
Pendre quelqu'un : L'exemple...

LA FLÈCHE (*à part*).

Avant de m'en aller,
Mon Dieu, que j'aurais donc de joie à le voler!
Qui mieux mériterait ce qu'il craint? Ah! d'en rire...

HARPAGON.

Répète donc, maraud, ce que tu viens de dire.

LA FLÈCHE.

Que je répète?

HARPAGON.

Oui. Que dis-tu de voler?

LA FLÈCHE.

Je dis : vous avez soin de partout me fouiller
Pour voir si j'ai volé...

HARPAGON.

J'ai motifs pour le faire.

HARPAGON (*fouille dans les poches de La Flèche*).

Tu ne ferais pas mal cependant de te taire ;
Il en coûte souvent de vouloir trop parler,
Et dans ton intérêt je dois te conseiller
D'être plus retenu.

LA FLÈCHE (*à part*).

Peste de l'avarice,
Des avaricieux! Tristes gens, vilain vice.

HARPAGON.

Que dis-tu d'avarice et d'avaricieux?

LA FLÈCHE.

Ce que je dis?

HARPAGON.

Eh! oui. Je serais curieux
De le savoir...

LA FLÈCHE.

Je dis : peste de l'avarice,
Des avaricieux! Tristes gens, vilain vice.

HARPAGON.

De qui veux-tu parler?

LA FLÈCHE.

Des avaricieux.

HARPAGON.

Et qui sont-ils?

LA FLÈCHE.

Ce sont des ladres, des crasseux,
Des vilains qu'avec joie on verrait dans la gêne.

HARPAGON.

Explique-toi.

LA FLÈCHE.

De quoi vous mettez-vous en peine.

HARPAGON.

De ce qu'il faut.

LA FLÈCHE.

Pourquoi, monsieur, ce grand courroux?
Est-ce que vous croyez que je parle de vous?

HARPAGON.

Je crois ce que je crois; j'entends que tu me dises
A qui tu veux parler, lâchant tant de sottises.

LA FLÈCHE.

A qui je parle? Mais, je parle à mon bonnet.

HARPAGON.

Et moi, je pourrais bien, je te le dis tout net,
Parler à ta barette.

LA FLÈCHE.

Est-ce un tort de maudire
Les avaricieux?

HARPAGON.

Non; mais je veux te dire,
Que je t'empêcherai de jaser, insolent!

LA FLÈCHE (*à part*).

Je ne nomme personne. Est-il donc violent!

HARPAGON.

Si tu parles, je vais te rosser d'importance.

LA FLÈCHE.

Eh! qui se sent morveux, qu'il se mouche.

HARPAGON.

Silence,

LA FLÈCHE.

Malgré moi je me tais.

HARPAGON.

Ah!

LA FLÈCHE (*montrant à Harpagon une poche de son juste-au-corps*).

Tenez, s'il vous plaît,

Encore cette poche. Êtes-vous satisfait?

HARPAGON.

Allons, sans te fouiller, vite, rends-moi la chose.

LA FLÈCHE.

Quoi?

HARPAGON.

Ce que tu m'a pris.

LA FLÈCHE.

Je ne puis et pour cause :

Je ne vous ai rien pris du tout.

HARPAGON.

Assurément?

LA FLÈCHE.

Assurément.

HARPAGON.

Va-t'en au diable, et prestement.

Adieu.

LA FLÈCHE.

C'est un congé complet. J'ai peu de chance.

HARPAGON.

Je te le mets au moins, va, sur la conscience,

SCÈNE IV.

HARPAGON (*seul*).

Ce pendard de valet m'incommode tres-fort;
Et de m'en défier, certes, je n'ai pas tort.
Ce chien de boiteux-là me chagrine la vue;
J'en suis débarrassé. Cette somme reçue
Est forte, et c'est un soin difficile, gênant,
Que de garder chez soi grande somme d'argent.
Heureux qui tout son fait place en bonnes créances,
Et garde ce qu'il faut juste pour ses dépenses.
On a grand embarras, par plus d'une raison,
A trouver cache sûre en toute une maison.
J'ai pour les coffres-forts beaucoup de défiance :
Franche amorce à voleurs! On voit de préférence
Un voleur s'attaquer toujours au coffre-fort.

SCÈNE V.

HARPAGON, ÉLISE ET CLÉANTE
parlant ensemble, et restant dans le fond du théâtre.

HARPAGON (*se croyant seul*).

En y réfléchissant je crois que j'eus grand tort,
Moi que pour la prudence en ces lieux on renomme,
D'avoir dans mon jardin enterré telle somme :
Dix mille écus en or qu'hier on me rendit!
(*A part, apercevant Élise et Cléante.*)
C'est une somme assez... O ciel! je perds l'esprit;
La chaleur m'emportant, dans mon tourment extrême
Je me serai sans doute, hélas! trahi moi-même.
En raisonnant tout seul, j'aurai parlé trop haut.
Hé, que me voulez-vous? Qu'est-ce donc qu'il vous faut?

CLÉANTE.

Rien, mon père.

HARPAGON.

Tous deux, depuis longtemps peut-être
Vous étiez arrivés ?

ÉLISE.

Vous nous voyez paraître.

HARPAGON.

Vous avez entendu... sans doute; sur mes pas...

CLÉANTE.

Quoi, mon père?

HARPAGON.

Là...

ÉLISE.

Quoi?

HARPAGON.

Mon Dieu, ne feignez pas,
Ce que je viens de dire.

CLÉANTE.

A moins que je ne mente,
Je vous répondrai non, et ça foi de Cléante.

HARPAGON.

Si fait, si fait, voyons, rien à justifier,
Je ne vous blâme pas.

ÉLISE.

Pourquoi vous défier
De mon frère et de moi? Quelle erreur est la vôtre?

HARPAGON.

Vous n'en conviendrez pas.

CLÉANTE.

En voilà bien d'une autre.

HARPAGON.

Vous avez entendu, je le vois, quelques mots.
En me parlant à moi je disais : sont bien sots
Qui pensent que l'argent à trouver est facile.
J'ajoutais : bienheureux l'habitant de la ville
Qui pourrait posséder dix mille écus chez soi.

CLÉANTE.

Nous n'osions approcher tous deux, ma sœur et moi,
De peur de vousgêner.

HARPAGON.

Au moins n'allez pas croire,
Ce serait une erreur énorme, dérisoire,
Que j'ai dit que j'avais dix mille écus comptant :
Ce n'est pas moi qui peux posséder tant d'argent.

CLÉANTE.

Aucun de nous ne veut entrer dans vos affaires,
Et tous ces discours-là ne nous occupent guères.

HARPAGON.

Plût à Dieu qu'il me vint en la possession
Dix mille bons écus !

CLÉANTE.

Mais ma conviction
Est que...

HARPAGON.

Je le voudrais : Pour moi la bonne affaire.

ÉLISE.

C'est chose...

HARPAGON.

J'en aurais bon besoin.

CLÉANTE.

Hé ! mon père,
Je pense que...

HARPAGON.

Cela m'accommoderait fort.

ÉLISE.

Vous êtes...

HARPAGON.

Si le fait était vrai, j'aurais tort
De me plaindre du temps comme je fais. La gêne
Par la cherté de tout souvent me met en peine.

CLÉANTE.

De vous plaindre pourtant vous n'avez pas sujet;
Vous avez quelque bien, tout le monde le sait.

HARPAGON.

Comment, j'ai quelque bien? c'est pure menterie :
Rien n'est plus faux, mais faux, c'est à donner envie
De poursuivre qui fait de semblables récits.
Des coquins, pour me nuire, ont propagé ces bruits.

ÉLISE.

Ne vous fâchez donc pas, mon père.

HARPAGON.

C'est étrange!
Pour ne pas se fâcher il faudrait être un ange.
Dans sa famille on doit trouver ses vrais amis,
Et moi, dans mes enfants, je vois mes ennemis.

CLÉANTE.

Est-ce être un ennemi, mon père, que de dire
Que vous avez du bien?

HARPAGON.

Oui, sans doute, et le pire;
J'ai du bien, j'ai du bien. C'est par de tels discours
Qu'à des bruits mensongers, mon fils, vous donnez cours.
Vous ne comprenez pas que de telles paroles
Dites légèrement, et vos dépenses folles,

En faisant croire à tous que je suis cousu d'or,
Attireront chez moi voleur ou pis encor.

CLÉANTE.

Pour me blâmer ainsi, quelle grande dépense
Est-ce que je fais donc ? Il me semble, je pense...

HARPAGON.

Quelle dépense ? Est-il rien de plus scandaleux
Que de vous voir tenir un train si somptueux,
En ville promener un pareil équipage ?
C'est vraiment vous conduire en jeune homme peu sage.
Hier tout mécontent je grondais votre sœur ;
Mais c'est encore pis, entendez-vous, Monsieur ?
Tous les jours on vous voit mis en habits de fête.
A vous prendre depuis les pieds jusqu'à la tête,
On trouverait, pour vous j'en ai confusion,
De quoi faire un contrat de constitution.
Je vous l'ai dit vingt fois, mon fils, que vos manières,
Tous ces grands airs, ce ton ne me conviennent guères.
C'est furieusement donner dans le marquis ;
Et pour aller vêtu d'aussi riches habits,
En plaisirs, en festins passer chaque semaine,
Vous... vous me dérobez, la chose est très-certaine.

CLÉANTE.

Vous dérober, comment ? Pour ainsi m'accuser...

HARPAGON.

Eh ! que sais-je, moi ? mais où pouvez-vous puiser
L'argent pour soutenir ce grand train qui me blesse ?

CLÉANTE.

Mon père, c'est qu'au jeu je montre de l'adresse,
Et suis assez chanceux. Je mets tout cet argent
Que je gagne à payer et train et vêtement.
Comme vous le voyez, ce train, cet équipage

Me coûtent peu ; d'ailleurs il faut bien à mon âge...

HARPAGON.

C'est fort mal fait. Au jeu si vous êtes heureux,
Au lieu de vous parer ne vaudrait-il pas mieux
Bien placer cet argent, un intérêt modeste
En tirer? cela sert ; et sans parler du reste,
Pourriez-vous bien, monsieur, me faire le plaisir
De m'apprendre en deux mots à quoi peuvent servir
Cet amas de rubans, toutes ces aiguillettes
Dont je vous vois lardé? Quel prodigue vous faites !
Car enfin, de son crû quand on a des cheveux
Qui ne vous coûtent rien, tout en vous coiffant mieux,
A quoi bon les couper ; esclave de la mode,
Porter une perruque, objet cher, peu commode ?
Plus j'avance en la vie et plus je suis surpris
De voir que de l'argent si peu savent le prix.
Je compte pour perruque et rubans vingt pistoles.
Or cet argent placé, retenez ces paroles,
Rapporte au denier douze, et c'est peu, tous les ans
Dix-huit livres, six sols, huit deniers bien sonnants.

CLÉANTE.

C'est vrai.

HARPAGON.

Laissons cela. Parlons d'une autre affaire.
(*Apercevant Cléante et Élise qui se font des signes.*)
Hé? (*Bas à part.*) Mais ces signes-là, tout cet air de mystère,
Que signifie? ah çà, voudraient-ils me voler ?
(*Haut.*) Pourquoi donc tous les deux ainsi gesticuler ?

ÉLISE.

De nos gestes voici tout simplement la cause :
A vous dire tous deux nous avons quelque chose ;
Nous marchandons à qui parlera le premier.

HARPAGON.

Et moi, de mon côté...

CLÉANTE.

C'est qu'à nous marier
Mon père, nous songeons.

HARPAGON.

Eh ! mais, dans ma pensée
De mariage...

ÉLISE.

Ah ! ah !

HARPAGON.

Vous semblez oppressée.
Pourquoi ce cri ? Des deux, dites, qui vous fait peur,
La chose ou bien le mot, ma fille ? Votre cœur...

CLÉANTE.

Craindre ou bien espérer, mon père, va dépendre
De la seule façon dont vous pouvez l'entendre.
Si votre choix s'accorde avec nos sentiments,
De notre part croyez qu'aucuns empêchements....

HARPAGON.

Ne vous alarmez point ; un peu de patience.
Je sais ce qu'il vous faut : ayez donc confiance.
De se plaindre ni l'un ni l'autre n'aura lieu.

(A Cléante.)

Commençons par un bout. Près de l'hôtel Beaulieu
Loge, et tu peux connaître une jeune personne,
Mariane... c'est là le seul nom qu'on lui donne.

CLÉANTE.

Oui, mon père.

HARPAGON.

Et vous ?

ÉLISE.

Moi, j'en entendis parler.

HARPAGON.

Dites-moi donc, mon fils, sans rien dissimuler,
Comment la trouvez-vous?

CLÉANTE.

Je la trouve charmante.

HARPAGON.

Sa physionomie?

CLÉANTE.

Honnête, intelligente.

HARPAGON.

Sa tenue et son air?

CLÉANTE.

Sans doute, à mon avis,
Admirables.

HARPAGON.

Ainsi je le trouve, mon fils;
Et ne croyez-vous pas, comme moi, qu'une fille
Intelligente, aimable, honnête et si gentille
Mérite qu'on y pense; et que de son époux
Le sort sera charmant, fera bien des jaloux?

CLÉANTE.

Oui, mon père.

HARPAGON.

Que c'est un parti souhaitable?

CLÉANTE.

Ah! je n'en connais point qui soit plus enviable!

HARPAGON.

A tout cela je vois une difficulté;
Car pour peu qu'on m'ait dit toute la vérité,
Elle n'a pas grand bien.

CLÉANTE.

Qu'importe en mariage
Le bien ? Les qualités sont tout.

HARPAGON.

En homme sage
On doit, pardonnez-moi, le bien considérer.
Sur autre chose on peut, je sais, se retirer ;
Par de l'économie éviter la dépense.

CLÉANTE.

Cela s'entend, mon père, et comme vous je pense...

HARPAGON.

Enfin, je suis bien aise, à parler franchement,
De vous voir partager ainsi mon sentiment.
Son honnête maintien, sa douceur, sa grâce
M'ont touché ; je l'épouse, et suis sûr qu'à ma place,
Pourvu qu'elle ait du bien, vous-même...

CLÉANTE.

Hé ?

HARPAGON.

Comment ?

CLÉANTE.

Vous voulez épouser...

HARPAGON.

Mariane ; oui, vraiment.

CLÉANTE.

Qui ? vous, vous ?

HARPAGON.

Oui, moi, moi, moi. Pourquoi ce langage ?

CLÉANTE.

Il m'a pris tout à coup... sur les yeux un nuage...
C'est le sang... oui, je pense, un étourdissement ;
Je ne me sens pas bien, je sors pour un moment.

HARPAGON.

Cela ne sera rien, mon fils. Pour vous refaire,
Dans la cuisine allez boire un bon coup d'eau claire.

SCÈNE VI.

HARPAGON, ÉLISE.

HARPAGON.

Ah! ah! que voilà bien mes damoiseaux fluets,
Qui n'ont pas plus de cœur que de méchants poulets.
J'ai décidé cela pour moi. Quant à ton frère,
Pour lui j'ai découvert une riche héritière,
Veuve, qu'importe ; à toi, ma fille, pour époux
Je te destine Anselme, homme mûr, point jaloux,
Sage et prudent, point vieux ; car il dépasse à peine,
Avec de très-grands biens, pour sûr la cinquantaine.

ÉLISE (*faisant la révérence*).

Je ne veux point d'époux, mon père, s'il vous plaît.

HARPAGON.

Et moi, mon cœur, ma mie, écoutez ; mon projet
Est de vous marier, s'il vous plaît. Je...

ÉLISE (*faisant encore la révérence*).

Mon père,
Pardon.

HARPAGON (*contrefaisant Élise*).

Pardon, ma fille.

ÉLISE.

Oui, je voudrais vous plaire.
Ce bon seigneur Anselme, oh ! je sais le priser ;
Mais vous me permettrez de ne pas l'épouser.

HARPAGON.

Je suis votre valet en toute révérence;
(Contrefaisant Élise)
De prendre cet époux vous aurez l'obligeance.

ÉLISE (*faisant encore la révérence*).

Cela ne sera pas, mon père.

HARPAGON (*contrefaisant encore Élise*).

Dès ce soir
Cela sera, ma fille.

ÉLISE.

Oh! non.

HARPAGON.

Si : le devoir...

ÉLISE.

Ne saurait me contraindre à pareil mariage ;
Je me tuerai plutôt.

HARPAGON.

Bah! pur enfantillage.
Tu ne te tueras point, et tu l'épouseras.
Mais voyez quelle audace! allons, point d'embarras,
Je te réduirai bien. Mais vit-on une fille
A son père parler?... La façon est gentille.

ÉLISE.

Un père, qui chérit sa fille, est tout porté
A laisser, pour ce choix, entière liberté.

HARPAGON.

Ce parti de tout point est excellent, sortable ;
Chacun le trouvera parfait.

ÉLISE.

Déraisonnable,
Tout au contraire.

HARPAGON.

Et moi, je suis prêt à gager...
Voilà Valère. Il peut entre nous deux juger :
Le veux-tu, le veux-tu ?

ÉLISE.

Je le veux bien, mon père.

HARPAGON.

Son jugement...

ÉLISE.

J'accepte.

SCÈNE VII.

VALÈRE, HARPAGON, ÉLISE.

HARPAGON.

Approche ici, Valère.
Entre ma fille et moi s'élève un désaccord ;
Afin de décider qui de nous deux a tort
Nous venons à l'instant de te nommer arbitre.

VALÈRE.

Ce ne peut être vous, monsieur, et votre titre...

HARPAGON.

Connais-tu quelque chose au moins de nos discours ?

VALÈRE.

Etant toute raison, en tout comme toujours,
Pouvez-vous avoir tort ? Ce n'est...

HARPAGON.

En mariage
Je lui donne un seigneur, aussi riche que sage,
Dès ce soir. La coquine, entendant me mener,
Se moque de le prendre, et sans motifs donner.
Que dis-tu de cela ?

VALÈRE.

Hé, hé ! bien délicate
Est la chose... Je crois... On pourrait... Je me flatte...

HARPAGON.

Quoi ?

VALÈRE.

Dans le fond, je suis de votre sentiment ;
Vous ne pouvez manquer d'avoir raison vraiment.
Mais peut-être son tort...

HARPAGON.

Celui qui se présente
Est un parti superbe et riche qui me tente ;
C'est Anselme, tu sais : noble, bien posé, doux,
Toute fille voudrait le nommer son époux ;
Point d'enfant n'est resté d'un premier mariage,
Pourra-t-elle jamais trouver tel avantage ?

VALÈRE.

C'est vrai, mais ne peut-elle aussi vous objecter
Que c'est la chose un peu par trop précipiter ;
Qu'il faut du temps, ainsi l'apprend l'expérience
Pour réfléchir, savoir si pour telle alliance
On ressent en son cœur de l'inclination,
Si l'on peut s'accorder.

HARPAGON.

C'est une occasion
A saisir aux cheveux, et cela, sans attendre.
Sais-tu bien que sans dot il s'engage à la prendre !
Hé quoi ! lorsque l'on peut sans dot se marier,
On serait assez fou pour se faire prier ?

VALÈRE.

Sans dot ?

HARPAGON.

Oui.

VALÈRE.

Dans ce cas, je n'ai plus rien à dire.
Cette raison est forte, et je sens qu'elle inspire...
Il faut s'y rendre.

HARPAGON.

Vois comme c'est engageant.
Cet hymen me permet de garder mon argent.

VALÈRE.

La contradiction ne paraît pas permise.
Votre fille, il est vrai, tout en restant soumise,
Vous peut représenter qu'un tel engagement
Ne se doit contracter jamais légèrement;
Rude ou charmant lien, la mort seule en délie.
Dans le choix d'un appui, du guide de sa vie
Une extrême prudence est surtout de saison.

HARPAGON.

Sans dot.

VALÈRE.

Oh! j'entends bien; de, sans dot, la raison
Est d'un poids qui pour vous fait pencher la balance.
On voit certaines gens pour qui la convenance
Au doux penchant du cœur devrait céder le pas.
Ils sont de cet avis, dont on peut faire cas,
Que d'âge, que d'humeur on doit tenir grand compte;
Que pour ne l'avoir fait survient plus d'un mécompte;
Que l'inégalité d'âge et de sentiments
En tout temps a produit de fâcheux accidents.

HARPAGON.

Sans dot.

VALÈRE.

A ce mot-là que veut-on qu'on réplique?
Cela se sait; que diantre, un tel mot tout explique.

Il n'est pas qu'on ait vu des pères bien souvent
Préférer le bonheur de leur fille à l'argent,
Et qui, de l'intérêt faisant le sacrifice,
Désirent avant tout que leur enfant jouisse
De cet état charmant et de tranquillité
Que d'humeur et des goûts fait la conformité.

HARPAGON.

Sans dot.

VALÈRE.

Il est très-vrai que ce sans dot vous touche;
Sur toute autre raison il vous ferme la bouche.

HARPAGON (*à part, regardant du côté du jardin*).

Ouais! je crois que j'entends, diable, aboyer des chiens.
Prendrait-on mon argent? (*A Valère.*) Ne bougez, je reviens
Dans l'instant.

SCÈNE VIII.

ÉLISE, VALÈRE.

ÉLISE.

Dites-moi, vous moquez-vous, Valère,
Sur cet hymen ainsi de parler à mon père?

VALÈRE.

Comment dire autrement pour ne pas trop l'aigrir?
On perdrait avec lui son temps à discourir.
Il est certains esprits que de biais on doit prendre;
A la droite raison ne voulant pas se rendre,
Heurter leurs sentiments de front, c'est le moyen
De tout gâter et puis de n'arriver à rien.
Ce sont tempéraments que toute résistance
Irrite, et peut pousser jusqu'à l'extravagance;
Des naturels rétifs et que la vérité

Fait cabrer, mieux vaudrait caractère emporté ;
Qui dans le droit chemin de la raison sans cesse
Refusent de marcher, quelque soin qui les presse ;
Que l'on ne peut au but conduire qu'en tournant.
De souscrire à ses vœux il faut faire semblant
Pour venir à vos fins.

ÉLISE.

Soit; mais ce mariage?

VALÈRE.

A le rompre avant peu moi-même je m'engage.

ÉLISE.

Mais quelle invention? Je n'en puis entrevoir,
Si cet hymen se doit conclure dès ce soir.

VALÈRE.

Il faut le retarder, feindre une maladie.

ÉLISE.

Mais on découvrira bientôt la comédie ;
Les médecins...

VALÈRE.

Pour vous seraient-ils des savants?
Tous, sans exception, je les crois ignorants.
Est-ce qu'à tous nos maux ils savent quelque chose ?
Inventez-en quelqu'un, ils en diront la cause,
Le siége.

SCÈNE IX.

HARPAGON, ÉLISE, VALÈRE.

HARPAGON (*à part dans le fond du théâtre*).

Me voici. Tout cela n'était rien ;
J'avais tort d'avoir peur ; Dieu merci, tout va bien.

VALÈRE (*sans voir Harpagon*).

Notre dernier recours, enfin, est dans la fuite;
De tout elle nous met à couvert, partons vite.
Hésiter, c'est nous perdre; et si de fermeté
Votre amour est capable...
(*Apercevant Harpagon.*) Oui, c'est la vérité;
Une fille en tout doit obéir à son père,
Prendre sa volonté pour guide et lui complaire,
Accepter de sa main tel époux qu'il lui plaît;
Et sans s'inquiéter s'il est bien ou mal fait,
Quand la grande raison de, sans dot, se présente,
Épouser sur-le-champ, toute affaire cessante.

HARPAGON.

Bon. Voilà bien parler cela.

VALÈRE.

Mille pardons,
Si par trop vivement je lui dis mes raisons.

HARPAGON.

Comment! j'en suis ravi; mais je veux au contraire
Sur elle te donner l'autorité d'un père.
(*A Élise.*) Sur toi je lui confère un absolu pouvoir.

VALÈRE (*à Élise*).

D'écouter mes avis tout vous fait un devoir.

SCÈNE X.

HARPAGON, VALÈRE.

VALÈRE.

Ici dois-je rester ou bien faut-il la suivre,
Pour lui continuer mes leçons de bien vivre,
Et de vous satisfaire en tout point et toujours.

HARPAGON.

Oui, de tes bons avis va poursuivre le cours.

VALÈRE.

Il faut bien lui tenir un peu la bride haute.

HARPAGON.

Il le faut, c'est très-vrai.

VALÈRE.

Je ne m'en ferai faute.

Avec des soins, du temps j'espère parvenir...

HARPAGON.

Fais, je sors un instant et je vais revenir.
Je t'ai donné, Valère, entier pouvoir sur elle :
Je saurai quelque jour récompenser ton zèle.

VALÈRE (*adressant la parole à Élise, en s'en allant du côté par où elle est sortie*).

Oui, certes, plus que tout l'argent est précieux,
D'un tel père il vous faut rendre grâces aux cieux.
Quand sa fille, sans dot, on lui demande à prendre.
Un père de si près regarde-t-il au gendre ?
Sans dot. Hé ! ce mot-là ne comprend-il pas tout ?
Il tient lieu de beauté, de jeunesse, de goût,
De naissance, d'honneur et même de sagesse.

HARPAGON.

Ah ! le brave garçon ! Un sage de la Grèce
Vrai, n'aurait pas mieux dit. Combien il est flatteur
De posséder chez soi si zélé serviteur.

FIN DU PREMIER ACTE.

ACTE DEUXIÈME

SCÈNE PREMIÈRE.

CLÉANTE, LA FLÈCHE.

CLÉANTE.

Où t'es-tu donc allé fourrer, ah! double traître?
Est-ce ainsi que tu sais obéir à ton maître?
T'avais-je pas donné l'ordre d'attendre ici?

LA FLÈCHE.

Monsieur, je le sais bien; croyez qu'en tout ceci
J'ai fait ce qui de moi dépendait pour vous plaire;
Mais nous avions compté sans monsieur votre père,
Des hommes le plus dur, le plus mal-gracieux.
Me menaçant de coups et l'air tout furieux,
Il m'a chassé dehors malgré moi.

CLÉANTE.

Notre affaire
Avance-t-elle? Il faut se presser, car mon père
S'est fait connaître à moi tantôt pour mon rival.

LA FLÈCHE.

Votre père amoureux?

CLÉANTE.

Hélas! oui.

LA FLÈCHE.

Ça va mal.

CLÉANTE.

Pour cacher à ses yeux ma surprise profonde,
Le trouble de mon cœur, ah! j'ai tout fait au monde.

LA FLÈCHE.

Lui, se mêler d'aimer ! De quoi s'avise-t-il ?
Hé ! pour faire l'amour il est vraiment gentil :
A son âge et bâti comme il est, il se moque.
D'un vieillard amoureux le spectacle me choque ;
C'est bon quand on est jeune.

CLÉANTE.

Il faut, pour mon malheur,
Que cette passion lui soit venue au cœur.

LA FLÈCHE.

Mais, par quelle raison, à monsieur votre père
De l'amour qui vous tient faire un si grand mystère?

CLÉANTE.

J'évite ses soupçons, voulant me conserver
Le moyen d'un tel coup propre à me préserver.
Mais enfin qu'a-t-on dit? quelques réponses faites?

LA FLÈCHE.

Bien malheureux, monsieur, qui veut faire des dettes !
En affaires d'argent, il est triste, fâcheux
De passer par les mains de ces fesse-Mathieux.

CLÉANTE.

Je n'aurai pas d'argent? L'affaire abandonnée...

LA FLÈCHE.

Pardonnez-moi. Pour vous heureuse destinée !
Notre maître Simon est un homme obligeant,
Un courtier plein de zèle ; il nous aura l'argent.
Pour vous servir, il dit qu'il a vraiment fait rage ;
Qu'il vous en a trouvé moyennant petit gage ;
Que de vous obliger pour lui c'est un bonheur,
Tant votre air, votre ton ont su gagner son cœur.

CLÉANTE.

Les quinze mille francs, objet de ma demande,
Je les aurai?

LA FLÈCHE.

D'abord, il faut que l'on s'entende.
On met à cet emprunt quelques conditions,
Et je crois qu'il faudra que nous y passions
Pour obtenir l'argent. Monsieur, très-difficile
Se montre le prêteur, et j'ai là de son style
Que je vous montrerai tout à l'heure. Autrement...

CLÉANTE.

Ta-t-il fait voir celui qui prête?

LA FLÈCHE.

Ah! doucement,
Attendez-donc; cela ne va pas de la sorte!
A se cacher, de soin plus que vous il apporte,
Il use de mystère, et ne dit point son nom.
On doit, dès aujourd'hui, dans certaine maison
L'aboucher avec vous; il veut, par votre bouche,
Etre instruit de vos biens, de tout ce qui vous touche,
Le nom de votre père à cet engagement
Doit aider.

CLÉANTE.

Mais de plus et principalement
Les droits me provenant de ma défunte mère,
Dont on ne peut m'ôter le bien. Or, je l'espère,
Ce bien très-grandement suffit, à mon prêteur
Garantit son argent.

LA FLÈCHE.

A notre entremetteur
De ses conditions il a remis la note,
Pour vous être montrée : oh! l'homme elle dénote.

Supposé que le prêteur voie toutes ses sûretés, et que l'emprunteur soit majeur, et d'une famille où le bien soit ample, solide, assuré, clair et net de tout embarras, on fera une bonne et exacte obligation par-devant un notaire, le plus honnête homme qu'il se pourra, et qui, pour cet effet, sera choisi par le prêteur, auquel il importe le plus que l'acte soit dûment dressé.

CLÉANTE.

Quant à moi, je ne vois rien à dire à cela.

LA FLÈCHE.

Le prêteur, pour ne charger sa conscience d'aucun scrupule, prétend ne donner son argent qu'au denier dix-huit.

CLÉANTE.

Au denier dix-huit? bien, honnête est ce taux-là.

LA FLÈCHE.

Il est vrai.

Mais comme ledit prêteur n'a pas chez lui la somme dont il est question, et que, pour faire plaisir à l'emprunteur, il est contraint de l'emprunter d'un autre, sur le pied du denier cinq, il conviendra que ledit premier emprunteur paie cet intérêt, sans préjudice du reste, attendu que ce n'est que pour l'obliger, que ledit prêteur s'engage à cet emprunt.

CLÉANTE.

Comment diable, ah! le juif! le corsaire!
C'est plus qu'au denier quatre.

LA FLÈCHE.

Oui, j'ai très-bien su faire
Cette observation. C'est à vous là-dessus
A voir ce que...

CLÉANTE.

Voir quoi? tous soins sont superflus.
Dans cette gêne, à tout il faut que je consente.

LA FLÈCHE.

C'est là ce que j'ai dit, l'affaire étant pressante.

CLÉANTE.

Qu'exige-t-on encor?

LA FLÈCHE.

Rassurez votre esprit;
Un seul article reste, et de plus tout petit.

Des quinze mille francs qu'on demande, le prêteur ne pourra compter en argent que douze mille livres; et pour les mille écus restants, il faudra que l'emprunteur prenne les hardes, nippes, bijoux dont s'ensuit le mémoire, et que ledit prêteur a mis, de bonne foi, au plus modique prix qu'il lui a été possible.

CLÉANTE.

Que veut dire...

LA FLÈCHE.

Écoutez.

Premièrement, un lit de quatre pieds à bandes de point de Hongrie, appliquées fort proprement sur un drap de couleur d'olive, avec six chaises, et la courte-pointe de même; le tout bien conditionné, et doublé d'un petit taffetas changeant rouge et bleu.

CLÉANTE.

Que veut-il que je fasse...

LA FLÈCHE.

Attendez.

Plus, une tenture de tapisserie des amours de Gombaud et de Macé.

Plus, une grande table de bois de noyer à douze colonnes en piliers tournés, qui se tire par les deux bouts, et garnie par-dessous de six escabelles.

CLÉANTE.

Quel besoin...

LA FLÈCHE.

Patience, de grâce.

Plus, trois gros mousquets, tout garnis de nacre de perle, avec les fourchettes assortissantes.

Plus, un fourneau de brique avec deux cornues et trois récipiens, fort utiles à ceux qui sont curieux de distiller.

CLÉANTE.

J'enrage.

LA FLÈCHE.

Doucement.

Plus, un luth de Bologne, garni de toutes ses cordes, ou peu s'en faut.

Plus, un trou-madame, et un damier, avec un jeu de l'oie, renouvelé des Grecs, fort propre à passer le temps, lorsque l'on n'a que faire.

Plus, une peau de lézard de trois pieds et demi, remplie de foin, curiosité agréable pour pendre au plancher d'une chambre.

Le tout ci-dessus mentionné, valant loyalement plus de quatre mille cinq cents livres, et rabaissé à la valeur de mille écus, par la discrétion du prêteur.

CLÉANTE.

Quelle discrétion!

Vit-on jamais, dis-moi, pareille extorsion ?
De ma position comme cet homme abuse.
Envers moi sa conduite indigne est sans excuse.

Le traître ! le bourreau ! Quoi, n'est-il pas content
De l'intérêt énorme, usuraire qu'il prend,
Sans m'obliger encor, quand à lui tu me livres,
A prendre rogatons, et pour trois mille livres!
Valant deux cents écus ? à tout prix cependant
Il faut bien me résoudre à prendre son argent.
Le scélérat me tient en ses mains et me gruge.

LA FLÈCHE.

Vous enfilez, monsieur, le chemin que Panurge
Prit pour se ruiner, prenant d'avance argent,
De plus achetant cher, à bon marché vendant,
Mangeant son bled en herbe : il perdit ses affaires.

CLÉANTE.

Voilà pourtant comment l'avarice des pères,
Laissant dans le besoin de pauvres jeunes gens,
Fait germer en leur cœur de fâcheux sentiments.
Qu'ils souhaitent leur mort après çà qu'on s'étonne.

LA FLÈCHE.

Force est bien d'avouer qu'il n'est ici personne,
L'homme le plus posé, qui ne s'animerait
Contre sa vilenie et lui jouerait un trait.
Mes inclinations sont peu patibulaires,
Et je vois très-souvent mes honorés confrères
A beaucoup de petits commerces se livrer;
Avec eux et comme eux j'appris à me tirer
Assez adroitement de ces galanteries
Sentant l'échelle un peu. Eh bien ! sans menteries,
De le voler je sens grande tentation.
Le volant, je croirais commettre une action
Très-bonne aux yeux de tous, aux miens très-méritoire;
Et mon intention, ah ! vous pouvez m'en croire,
Serait... tant je suis las de tous ses procédés.

CLÉANTE.

Donne-moi ce mémoire à revoir.

LA FLÈCHE.

Regardez.

SCÈNE II.

HARPAGON, MAITRE SIMON,
CLÉANTE ET LA FLÈCHE (*dans le fond du théâtre*).

M. SIMON.

Oui, monsieur, l'emprunteur est un brave jeune homme
D'après renseignements pris avec soin ; en somme,
Il est des plus gênés, dans un besoin urgent ;
A vos conditions il prendra votre argent.

HARPAGON.

A prendre sûretés toute prudence brille.
Connaissez-vous le nom, les biens et la famille
De l'emprunteur ? Le prêt vous paraît-il très-bon ?

M. SIMON.

Sur les renseignements de famille et de nom
Il ne m'est pas possible à fond de vous instruire ;
Le hasard nous a joints. Pourtant je puis vous dire,
Pour vous bien rassurer, que son homme m'a dit
Que par lui vous serez de toute chose instruit ;
Et tout en me causant, il me fit l'assurance
Qu'agréable pour vous serait sa connaissance ;
Que vous seriez charmé de lui. Je sais fort bien
Que sa famille est riche, et qu'il a quelque bien.
Depuis un certain temps il a perdu sa mère.
Il prend l'engagement qu'avant huit mois son père
Mourra, tant il est prêt à vous bien garantir.

HARPAGON.

C'est ma foi, quelque chose. Et pour faire plaisir
Quand on le peut, mon maître, il faut rendre service,
La charité l'ordonne.

M. SIMON.

On sait que l'avarice
N'est pas votre défaut.

LA FLÈCHE (*bas à Cléante, reconnaissant M. Simon*).

Que veut dire ceci?
Que font maître Simon et votre père ici?
Ils conversent.

CLÉANTE (*bas à La Flèche*).

Comment a pu, mon père, apprendre
Que par maître Simon... Je ne saurais comprendre...
M'aurais-tu donc trahi?

M. SIMON (*à La Flèche*).

Vous êtes bien pressé;
Qui peut vous avoir dit qu'ici serait passé
Le contrat qui vous doit procurer votre somme?
(A Harpagon.)
Ce n'est pas moi, monsieur, au moins, et je suis homme
Trop discret pour aller dire votre logis,
Non plus que votre nom. Du reste, à mon avis,
Le mal n'est pas fort grand à cela. Tous ensemble
Vous pouvez et causer et traiter, ce me semble;
Ce sont gens très-discrets, rien n'empêche...

HARPAGON.

Comment?

M. SIMON (*montrant Cléante*).

Monsieur est l'emprunteur.

HARPAGON.

Qui, lui?

M. SIMON.

Mais, oui vraiment.

HARPAGON.

Comment, pendard, comment; c'est toi qui t'abandonne
A ces extrémités?

CLÉANTE.

Pour moi, ce qui m'étonne,
C'est que vous commettiez telles exactions.
Mais ce sont, savez-vous, honteuses actions?

(M. Simon s'enfuit, et La Flèche va se cacher.)

SCÈNE III.

HARPAGON, CLÉANTE.

HARPAGON.

Par de pareils emprunts c'est donc toi, fils coupable,
Qui veux te ruiner? Mais c'est abominable.

CLÉANTE.

Par l'usure peut-on chercher à s'enrichir?

HARPAGON.

Oses-tu devant moi paraître? A réfléchir.....

CLÉANTE.

Après semblable trait tout entaché d'usure,
Oserez-vous du monde affronter la censure?

HARPAGON.

Malheureux! n'as-tu point de honte d'en venir
A ces tristes excès? Comment me contenir
Quand je te vois faisant des dépenses affreuses,
Et te précipitant en débauches honteuses,
Dissiper tout le bien que, par travaux si grands,
Au prix de leurs sueurs ont gagné tes parents?

CLÉANTE.

Ne rougissez-vous pas, par si triste commerce,
De vous déshonorer? Votre avarice perce
En tout, partout chez vous. Le désir d'amasser,
Mettre écu sur écu, sans jamais vous lasser,
Désir des plus ardents, extrême, insatiable,
Vous possède à tel point qu'il vous rendit capable
De surpasser encor, vaincre en fait d'intérêt
Ces fameux usuriers dont on cite maint trait
D'habileté honteuse.

HARPAGON.

Ote-toi de ma vue,
Ote-toi. Le coquin a toute honte bue.

CLÉANTE.

Et qui doit-on blâmer le plus, à votre avis,
Dans cette circonstance, ou du père ou du fils?
Du fils qui prend argent par besoin, pour affaire,
Du père le volant, lui qui n'en a que faire?

HARPAGON.

Retire-toi, va-t-en, je ne veux pas te voir.
Ne m'irrite pas trop ou crains que le devoir...
(*Seul.*) Je ne suis qu'à moitié fâché de l'aventure;
J'en ferai mon profit, et désormais, je jure
De bien mieux surveiller ce mauvais garnement.

SCÈNE IV.

FROSINE, HARPAGON.

FROSINE.

Monsieur, c'est moi, Frosine.

HARPAGON.

Attendez un moment,

Je reviens vous parler; restez à cette place.
(*A part.*) Il est très à propos qu'à mon argent je fasse
Un petit tour. Trop bien veiller on ne saurait;
Un mauvais coup, un vol, j'en tremble, est sitôt fait.

SCÈNE V.

LA FLÈCHE, FROSINE.

LA FLÈCHE (*sans voir Frosine*).

Dans ma barbe j'en ris, l'aventure est plaisante;
Leur entrevue a dû se passer fort piquante.
Je me suis esquivé lestement. Mais enfin,
Quelque part il possède un ample magasin
De hardes, de chiffons. En lisant son mémoire
Je n'ai rien reconnu.

FROSINE.

Tiens, c'est à n'y pas croire.
Hé! mon pauvre La Flèche, est-ce toi que je vois?
Quel motif nous fait nous rencontrer cette fois?

LA FLÈCHE.

Ah! ah! c'est toi, Frosine! ici que viens-tu faire?

FROSINE.

Ce que je fais partout ailleurs, chercher affaire,
M'entremettre et me rendre agréable à tous gens,
A leur service en tout déployer mes talents.
Tu sais que, dans ce monde, il faut vivre d'adresse;
Que je n'ai pas du ciel reçu d'autre richesse
Que l'intrigue et la ruse avec un peu d'esprit,
Grâce à quoi l'on me voit obtenir du crédit.

LA FLÈCHE.

Avec mons Harpagon aurais-tu quelque affaire?

FROSINE.

Mais oui. J'espère bien en tirer pour salaire
Quelque petit cadeau.

LA FLÈCHE.

De lui? non, par ma foi,
Ou tu seras bien fine; et je ne crois pas, moi,
Que tu puisses de lui tirer la moindre chose.
L'argent céans est cher, mais fort cher. Si j'en cause,
C'est que j'en suis certain, l'ayant voulu tâter.
On ne peut avec lui qu'à de hauts prix traiter.

FROSINE.

Pour attendrir le cœur il est certain service...

LA FLÈCHE.

Je suis votre valet, et de son avarice
Tu ne te doutes. C'est l'humain le moins humain
Des humains, le mortel, de tous le plus vilain.
Service ni bienfait à la reconnaissance
Ne le poussent jamais. Pour de la bienveillance,
De l'estime en vains mots il vous en baillera,
De l'amitié de même autant qu'il vous plaira;
C'est peu cher. De l'argent, serviteur, point d'affaires.
Il n'est rien de plus sec que toutes ses manières;
Le mot *donner* surtout on le voit détester
Au point que le bonjour il ne fait que *prêter*.

FROSINE.

Des hommes je m'entends à m'ouvrir la tendresse,
Et je sais de leur cœur chatouiller la faiblesse,
Gratter aux bons endroits leur sensibilité.

LA FLÈCHE.

Bagatelle. Tu prends le plus mauvais côté,
Crois-moi, pour attendrir un peu ce diable d'homme.
Tes ruses n'en pourront tirer la moindre somme.

Il est turc là-dessus, je peux te l'assurer,
Mais d'une turquerie à tous désespérer.
Il aime l'argent plus que toute chose au monde.
Son indifférence est pour les humains profonde;
Et l'on pourrait passer tous de vie à trépas,
Que le vieil Harpagon ne s'en remuerait pas.
Voit-il un demandeur, il gémit, il se pâme,
Il semble qu'on lui veuille arracher le cœur, l'âme;
Et si... mais il revient, je me retire.

SCÈNE VI.

HARPAGON, FROSINE.

HARPAGON.

(*Bas.*) Rien.
(*Haut.*) Hé! Frosine?

FROSINE.

Ah! mon Dieu, que vous vous portez bien!
Quel bel air de santé! Teint gaillard, frais visage,
On ne vous donnerait vraiment jamais votre âge.

HARPAGON.

Tout de bon?

FROSINE.

Comment donc? je dis que de vos jours
Vous ne fûtes plus jeune et fait pour les amours.
Tels gens de vingt-cinq ans n'ont ni votre jeunesse,
Ni votre air.

HARPAGON.

Soixante ans, c'est près de la vieillesse.

FROSINE.

Hé! qu'est-ce que cela, dites-moi, soixante ans?
De l'âge c'est la fleur, de l'homme le beau temps.

HARPAGON.

Je n'en disconviens pas ; mais de moins vingt années
M'arrangeraient assez.

FROSINE.

En plus quelques journées,
Eh ! qu'importe cela ? Vous auriez très-grand tort
D'y faire attention. Vous narguerez la mort ;
Jusqu'à cent ans au moins vous êtes fait pour vivre,
Et mon certificat, monsieur, je vous délivre.
Les marques en sont là. Je vois entre vos yeux
Signe de longue vie. Oh ! c'est très-sérieux.

HARPAGON.

Tu t'y connais ?

FROSINE.

La main. Quelle ligne de vie,
Ah ! mon Dieu !

HARPAGON.

Comment ça ?

FROSINE.

Regardez, je vous prie,
Jusqu'où va cette ligne.

HARPAGON.

A ça je ne comprends...

FROSINE.

Voyez donc. Par ma foi, quand je disais cent ans,
Je me trompais beaucoup ; c'est six vingts qu'il faut dire.

HARPAGON.

Est-il possible ?

FROSINE.

Mais on ne saurait traduire
Ces signes autrement. De vous pour hériter,

Il faudra, je le dis, à vos jours attenter ;
Enfants, petits enfants, vous mettrez tous en terre.

HARPAGON.

Tant mieux, tant mieux. Dis-moi, comment va notre affaire?

FROSINE.

Faut-il le demander, et me voit-on de rien
Me mêler, que dans peu je ne conduise à bien?
A marier les gens mon grand talent éclate.
Point de partis qu'avec une main délicate
Je ne trouve, en deux temps, le moyen d'accoupler ;
De tout habilement je sais me démêler,
Au point que s'il fallait, habile politique,
Marier le grand Turc avec la république
De Venise, je crois que je réussirais.
Je savais bien qu'ici je ne rencontrerais
Telles difficultés. Étant de moi connues,
Je les ai bien de vous à fond entretenues,
A la mère j'ai dit que vous aviez dessein
D'attacher Mariane à vous par un hymen,
Que l'amour vous a pris un jour qu'à la fenêtre
Vous l'avez vue.

HARPAGON.

Eh bien, qu'ont-elles fait paraître?

FROSINE.

Très-grand contentement. Quand j'eus dit votre espoir
De voir la jeune fille assister dès ce soir
Au contrat qui se doit préparer pour la vôtre,
La mère a consenti, mais sans peine. A quelqu'autre
Elle n'eût pas voulu confier...

HARPAGON.

Mon dessein,

Frosine, est de donner pour Anselme un festin ;
Je la voudrais assise au repas de famille.

FROSINE.

Elle viendra tantôt visiter votre fille,
Pour delà s'en aller en façon de plaisir
Faire à la foire un tour, puis au souper venir.

HARPAGON.

Hé bien! dans mon carrosse elles iront ensemble ;
Je le leur prêterai volontiers ; que t'en semble ?

FROSINE.

Très-bien.

HARPAGON.

Avec la mère as-tu parlé de dot?
L'as-tu fait s'expliquer? Comprend-elle, en un mot,
Qu'il faut un peu s'aider en telles circonstances,
Faire effort, se saigner, et que des espérances
Ne sauraient me suffire? On ne peut contracter
Sans qu'une fille en dot prenne soin d'apporter
Quelque chose...

FROSINE.

Comment, mais la dot est très-forte?
Douze mille bons francs de rente on vous apporte!

HARPAGON.

Douze mille francs?

FROSINE.

Oui, douze. Premièrement,
Elle est habituée à vivre sobrement.
Elle fut élevée, et ça dès son bas âge,
A manger presque rien, lait, salade, fromage,
Pommes. A votre femme, allez, il ne faudra
Consommés délicats, plats fins et cætera,
Qu'une autre exigerait. Par an, tout cela monte

Bien à trois mille francs, le moins; pas trop ne compte.
Autre point, elle n'aime en fait d'ajustements
Que très-simples habits. Les bijoux, diamants,
Les meubles somptueux, et de l'art ces merveilles
Qu'avec tant de chaleur désirent ses pareilles,
Elle n'y donne pas; et cet article-là
Vaut quatre mille francs par an. De plus, elle a
Pour jeux de toute sorte une horreur indicible,
Ce qui n'est pas commun. Je connais, c'est horrible!
Telle dans nos quartiers que cette passion
Possède à ce degré que, sans confusion,
Et sans en être émue, en une seule année,
Employant à jouer presque chaque journée,
Elle a perdu, monsieur, plus de vingt mille francs!
N'en prenons que le quart : il ne faut pas longtemps
Pour perdre cet agent. Or, je récapitule :
Cinq et quatre font neuf, jeux, bijoux; je calcule
Sur frais de nourriture un bon millier d'écus,
Cela fait bien par an douze mille; et de plus,
Si...

HARPAGON.

Cela n'est pas mal. Mais vois-tu, tout ce compte
N'est rien de réel.

FROSINE.

Quoi, prendre ça pour un conte?
N'est-ce rien de réel, que de vous apporter
Des qualités qu'on doit avant tout souhaiter,
Grande sobriété, goûts simples de parure
Et la haine du jeu? C'est rare, je vous jure.

HARPAGON.

C'est une raillerie, et je serais un sot
D'accepter comme bien constituant la dot,

Sur dépenses à faire un peu d'économie.
Je n'irai pas donner, entendez-vous, ma mie,
Sans en rien recevoir, quittance de l'argent;
Et je voudrais toucher...

FROSINE.

Attendez un instant.
Vous toucherez assez ; elles m'ont fait connaître
Qu'elles ont quelque bien dont vous serez le maître.

HARPAGON.

Il faudra voir cela. Mais je suis tourmenté,
Non sans raison. La fille unit à la beauté
La jeunesse. Or, on voit les jeunes d'ordinaire
N'aimer que leurs pareils, et chercher à leur plaire,
C'est un tort; car enfin, pour la fidélité
Un vieillard doit offrir plus de sécurité.
Je l'avouerai ; j'ai peur qu'un homme de mon âge
Ne soit pas de son goût, et que dans mon ménage
A fâcheux accidents je me trouve exposé
Dont un mari ne peut jamais qu'être offensé.

FROSINE.

Vous la connaissez mal. J'oubliais de vous dire
Que pour les vieillards seuls son tendre cœur soupire,
Et pour les jeunes gens n'a rien qu'aversion.

HARPAGON.

En vérité ?

FROSINE.

Telle est, monsieur, sa passion.
Sur ce sujet tantôt elle s'est étendue.
Ah ! que n'étiez-vous là ! D'un jeune homme la vue
La choque et lui déplaît; mais son ravissement
Éclate en vifs transports au spectacle charmant
D'un beau vieillard portant barbe majestueuse,

Plus ils sont vieux, et plus elle se sent heureuse ;
Et dans votre intérêt je dois vous prévenir,
De prendre garde au moins d'aller vous rajeunir ;
Car quiconque a désir en l'aimant de lui plaire,
Ne doit rien espérer s'il n'est sexagénaire.
Elle était sur le point, et cela récemment,
D'accepter un époux : vieux paraissait l'amant.
Elle rompit tout net, monsieur, le mariage :
Il prouva seulement cinquante-six ans d'âge ;
Sans lunettes de plus il prétendit pouvoir
Signer le contrat.

HARPAGON.

Quoi ?

FROSINE.

Refus de le revoir.
Mécontente, elle dit, entr'autres raisons nettes,
Qu'elle adorait surtout les nez portant lunettes.

HARPAGON.

Mais ce que tu me dis est pour moi tout nouveau !

FROSINE.

Et je ne suis encor arrivée au plus beau.
Dans sa chambre on lui voit mainte et mainte gravure.
Adonis, Apollon, Paris n'y font figure ;
C'est Saturne, Priam et puis le vieux Nestor,
Et le bon père Anchise emportant son trésor
Et ses dieux.

HARPAGON.

Cette humeur rend mon âme ravie :
De l'épouser je sens en mon cœur plus d'envie.
Je n'aurais jamais cru trouver tant de raison ;
Mariane doit faire une bonne maison.

Je suis de son avis, si j'avais été femme,
Je n'aurais point aimé jeunes gens, sur mon âme.

FROSINE.

Je le crois bien. Vraiment, ce sont de beaux morveux
Que tous ces jeunes gens, pour tant s'éprendre d'eux;
De beaux fils, de leur peau pour vous donner envie.
Quel plaisir, s'il vous plaît, offre leur compagnie?
C'est un ragoût, ma foi, qui n'a rien de tentant.

HARPAGON.

Des femmes peut-on voir qui les aiment autant!

FROSINE.

Archifolles. Trouver, quoi, la jeunesse aimable?
Ah! ah! sur mon honneur, c'est d'un déraisonnable!
Des hommes, ces blondins? Mon avis, le voilà :
On ne peut s'attacher à ces animaux-là.

HARPAGON.

Que voyons-nous en eux? Ton de poule laitée,
Avec des airs penchés une tête éventée,
Puis en barbe de chat trois brins de poil taillés,
Perruques en étoupe, estomacs débraillés,
Hauts-de-chausses tombants.

FROSINE.

Hé! peu de gens, en somme,
Sont bâtis comme vous! cela s'appelle un homme.
Çà fait plaisir à voir et donne de l'amour.

HARPAGON.

Tu me trouves donc bien?

FROSINE.

Ah! beau comme le jour :
Vous êtes à ravir, votre figure à peindre;
Mariane avec vous ne sera pas à plaindre,
Vous non plus. Tournez-vous un peu là, s'il vous plaît.

Il ne se peut pas mieux ; c'est qu'il est très-bien fait.
Je veux vous voir marcher ; vous avez de la grâce.
Quel grand air ! Quel maintien ! De défaut nulle trace ;
Le corps dégagé , libre et comme il faut planté ,
Qui ne marque pas même une incommodité.

HARPAGON.

Je n'en ai , Dieu merci, qu'une toute petite ;
Tu sais, ma fluxion ; çà me prend , çà me quitte.

FROSINE.

Pourquoi vous tourmenter de cette fluxion ?
A tousser, vous avez, monsieur, bonne action.

HARPAGON.

Eh ! dis-moi donc un peu ; Mariane, à sa vue
Me suis-je point offert ? En passant dans la rue
M'a-t-elle remarqué ?

FROSINE.

Non. Elle vous connaît
Par tous nos entretiens. J'ai fait votre portrait,
Et j'ai su lui vanter si fort votre mérite,
Que vers vous son penchant et l'attire et l'excite ;
De vous plaire elle fait son unique souci.

HARPAGON.

C'est fort bien fait à toi, Frosine, grand merci.

FROSINE.

Je voudrais bien, monsieur.... j'aurais une prière...
A vous si généreux je crois pouvoir la faire.
Je suis dans un procès; faute d'un peu d'argent,
(Harpagon prend un air sérieux.)
Il peut être perdu. Vous pourriez, en m'aidant,
M'en procurer le gain si... Vous ne sauriez croire
Le plaisir qu'elle aura de vous voir. Victoire !
(Harpagon reprend son air gai.)
Oui, vous l'emporterez sur tous vos concurrents.

D'avance je les plains, hélas! les pauvres gens!
Ah! que vous lui plairez! Votre fraise à l'antique
Devra sur son esprit faire un effet unique.
Ce haut-de-chausses-là surtout la charmera;
L'aiguillette au pourpoint de l'attrait donnera.
Ainsi fait et vêtu, c'est à la rendre folle.
Comme on vous aimera; croyez-en ma parole.
Amant aiguilleté, je connais bien son goût,
Pour elle vous serez un merveilleux ragoût.

HARPAGON.

J'éprouve à ton rapport très-douce jouissance.

FROSINE.

Ce procès est pour moi de grande conséquence.
(Harpagon reprend son air sérieux.)
Je serais ruinée, hélas! en le perdant:
Le gain en serait sûr si j'avais quelque argent.
Que n'avez-vous pu voir comme elle était ravie
(Harpagon reprend son air gai.)
De m'entendre parler de vous. Non, de ma vie,
Je n'ai vu plus de joie éclater dans ses yeux,
Combien tous mes récits rendaient son cœur joyeux;
Et je l'ai mise enfin dans un désir extrême
De voir son union conclue.

HARPAGON.

Aussi moi-même
Je le désirerais. Tu m'as fait grand plaisir,
Je m'en ressouviendrai. Mon sincère désir,
Si je puis quelque jour te rendre un bon office,
Sera de reconnaître à mon tour ce service.

FROSINE.

Ne me refusez pas ce tout petit secours.
Cela me remettra sur pied, et de mes jours
Je n'oublierai...

HARPAGON.

Salut. Ah ! ma correspondance...

FROSINE.

Je n'eus jamais autant besoin de l'assistance...

HARPAGON.

Afin que pour tantôt mon carrosse soit prêt
Je vais mettre ordre, et puis j'aurai soin...

FROSINE.

S'il vous plaît;
Je n'insisterais pas, si de très-court serrée...

HARPAGON.

Qu'on nous fasse souper point tard dans la soirée,
Crainte de maladie.

FROSINE.

Ah! ne refusez pas...
Elle aura grand plaisir...

HARPAGON.

Je m'en vais de ce pas.
On m'appelle ; à tantôt.

FROSINE (*seule*).

Que la fièvre te serre,
Chien de vilain. Vit-on homme plus sec sur terre?
Le ladre a résisté ; toute mon action
N'a pu même ébranler sa résolution.
J'y reviendrai plus tard. L'autre côté, je pense,
En tout cas donnera solide récompense.

FIN DU DEUXIÈME ACTE.

ACTE TROISIÈME

SCÈNE PREMIÈRE.

HARPAGON, CLÉANTE, ÉLISE, VALÈRE, DAME CLAUDE *(tenant un balai)*, MAITRE JACQUES, LA MERLUCHE, BRINDAVOINE.

HARPAGON.

Allons, venez-çà tous, mes ordres recevoir.
Vous savez que je donne un grand souper ce soir.
Dame Claude, approchez; à vous le nettoyage.
Les armes à la main, c'est bien, vîte à l'ouvrage.
Avec précaution il faut tout disposer,
Frotter les meubles peu, crainte de les user;
Prenez bien garde au moins de rayer quelque glace.
Si, pendant le repas, il s'égare ou se casse
Quelque bouteille ou plat, à vous je m'en prendrai,
Sur vos gages le prix entier j'en rabattrai.

M. JACQUES (*à part*).

Châtiment politique.

HARPAGON (*à dame Claude*).

Allez.

SCÈNE II.

HARPAGON, CLÉANTE, ÉLISE, VALÈRE, MAITRE JACQUES, BRINDAVOINE, LA MERLUCHE.

HARPAGON (*à Brindavoine et à la Merluche*).

Votre service
Comprendra, cette fois, et la table et l'office.
Les verres, vous serez chargés de les rincer,
Et quand on aura soif, à boire de verser.

Ne vous avisez pas, si vous voulez me plaire,
De suivre des laquais la coutume ordinaire.
Ces laquais sont vraiment de grands impertinents,
Venant à tout propos, hum ! provoquer les gens,
Et les faire songer à boire. Ma pensée,
C'est de ne point montrer cette ardeur empressée.
Pourquoi troubler les gens? Laissez plus d'une fois
Tout convive appeler du geste et de la voix.
A verser beaucoup d'eau que votre main s'apprête.

M. JACQUES (*à part*).

C'est prudent, le vin pur toujours monte à la tête.

LA MERLUCHE.

Ces souguenilles-là, faudra-t-il les quitter?

HARPAGON.

Oui, lorsque vous verrez les gens se présenter.
Soignez bien vos habits.

BRINDAVOINE.

Il faut que monsieur sache
Que l'huile de la lampe a fait très-grande tache
A mon pourpoint.

LA MERLUCHE.

Que j'ai bien des trous à céler.
Mon habit laisse voir, révérence parler...

HARPAGON (*à la Merluche*).

Paix; du côté du mur comme çà l'on s'efface.

(*A Brindavoine, en lui montrant comme il doit mettre son chapeau au-devant de son pourpoint pour cacher la tache d'huile.*)

Un chapeau mis ainsi sert à couvrir la tache.

SCÈNE III.

HARPAGON, CLÉANTE, ÉLISE, VALÈRE, MAITRE JACQUES.

HARPAGON.

Ma fille, quant à vous, vous me ferez plaisir
De voir et conserver ce qu'on doit desservir.
Du ménage le soin convient à la jeunesse.
Vous accueillerez bien, j'espère, ma maîtresse.
Elle viendra vous voir et voudra vous mener
Avec elle à la foire ensuite promener.
Vous m'entendez? Surtout, tenez-vous toute prête.

ÉLISE.

Oui, mon père.

SCÈNE IV.

HARPAGON, CLÉANTE, VALÈRE, MAITRE JACQUES.

HARPAGON.

Pour vous, mon fils, mauvaise tête,
A qui de pardonner l'histoire de tantôt
J'ai l'extrême bonté, pour me complaire, il faut
Que sachant vous montrer honnête autant que sage,
Vous ne lui fassiez pas non plus mauvais visage.

CLÉANTE.

Mauvais visage! moi? mais par quelles raisons...

HARPAGON.

Eh! mon Dieu, des enfants le train nous connaissons.
Leur mécontentement à l'égard de leur père,
Quand il se remarie, atteint la belle-mère.
Voulez-vous effacer chez moi tout souvenir
Du dernier trait, songez à la bien accueillir.

Le moyen de prouver que vous êtes plus sage,
C'est de la régaler d'un excellent visage.

CLÉANTE.

Que j'approuve d'un cœur content votre projet,
Je ne saurais le dire, étant peu satisfait.
Mais avec tous égards, entière politesse,
De la bien recevoir je vous fais la promesse,
Et je la tiendrai.

HARPAGON.

Bon. Vous ferez sagement.

SCÈNE V.

HARPAGON, VALÈRE, MAITRE JACQUES.

HARPAGON.

Valère, j'ai besoin de toi pour un moment.
Viens m'aider à ceci ; ce service te touche.
Maître Jacques venez ça, pour la bonne bouche
J'ai voulu vous garder.

M. JACQUES.

Est-ce de mes chevaux
Que monsieur veut parler, ou bien de mes fourneaux ?
Cocher et cuisinier, je joue un double rôle,
Auquel des deux veut-il adresser la parole,
Au cocher ou....

HARPAGON.

Je veux parler à tous les deux.

M. JACQUES.

Mais auquel le premier ?

HARPAGON.

Au cuisinier, je veux....

M. JACQUES.

Mille pardons, monsieur. Un peu veuillez attendre ;
Je dois de cet emploi le costume aller prendre.

(*M. Jacques ôte sa casaque de cocher, et paraît vêtu en cuisinier.*)

HARPAGON.

Pourquoi tant de façons?

M. JACQUES.

Parlez sans vous gêner.

HARPAGON.

C'est qu'à souper ce soir j'ai promis de donner.

M. JACQUES (*à part*).

Grande merveille!

HARPAGON.

Dis, aurons-nous bonne chère?

M. JACQUES.

A ce désir, monsieur, je pourrai satisfaire.
Vous voulez bien souper ; donnez-moi de l'argent,
De l'argent et beaucoup : tout est cher à présent.

HARPAGON.

De l'argent, de l'argent! c'est tout ce qui les touche.
De l'argent, de l'argent, de l'argent. A la bouche,
Ah ! ils n'ont que ce mot. Toujours parler d'argent !
Leur arme de chevet, voilà. C'est fatigant.

VALÈRE.

Et fort impertinent; je ne saurais m'en taire.
Le grand, le beau mérite à faire bonne chère
Avec bien de l'argent. Sans le moindre talent
Il n'est si pauvre esprit qui n'en pût faire autant.
L'habile homme est celui qui parlera de faire
Avec fort peu d'argent une excellente chère.

M. JACQUES.

Une excellente chère avec fort peu d'argent!

VALÈRE.

Sans doute.

M. JACQUES (*à Valère*).

Par ma foi, si monsieur l'intendant
Voulait nous obliger, il nous ferait connaître
Ce beau secret. En vous je reconnais mon maître,
Et j'abdique en vos mains l'emploi de cuisinier;
De factotum céans vous faites le métier.

HARPAGON.

Paix. Que nous faudra-t-il?

M. JACQUES.

Ce n'est pas mon affaire.
Voilà votre intendant, qui promet de vous faire
Un excellent repas sans dépenser d'argent.

HARPAGON.

Réponds, et ne fais pas ici l'impertinent.

M. JACQUES.

De convives, combien?

HARPAGON.

Au plus une dizaine;
Mais de prendre pour dix ne te met pas en peine.
Car pour huit un repas, je te l'ai déjà dit,
Fut-on deux, trois de plus, parfaitement suffit.

VALÈRE.

Cela s'entend.

M. JACQUES.

Hé bien, il faut, avec entrées
Potages quatre, en plus cinq assiettes parées...

HARPAGON.

Crois-tu que nous ayons une ville à traiter?

M. JACQUES.

Rôt...

HARPAGON (*mettant la main sur la bouche de M. Jacques*).

Traître, tout mon bien tu manges sans compter.

M. JACQUES.

Entremêts...

HARPAGON (*mettant encore la main sur la bouche de M. Jacques*).

Encor?

VALÈRE.

Hé, quelle est donc votre envie?
Faire crever les gens par une apoplexie?
Monsieur en invitant à souper ses amis,
Les doit-il par excès tuer, à votre avis?
Dans leurs savants traités, qu'on ne saurait trop lire,
Diafoirus et Purgon ont pris soin de le dire :
De la table l'excès est des plus dangereux.
Puisque l'occasion s'en présente, je veux
Pour vous et vos pareils dire ce que j'en pense.
De chair, ragoûts et vins la trop grande abondance,
Pour tous les invités est un vrai guet-apens.
A quoi bon les tenter par des mets succulents?
Pour se montrer ami des gens que l'on invite,
D'un repas savez-vous quel est le vrai mérite?
C'est d'être très-frugal. Or, écoutez-moi bien.
Un précepte nous dit (il est d'un ancien
Qu'on ne peut trop citer) : *Il faut manger pour vivre,*
Non vivre pour manger.

HARPAGON.

C'est parler comme un livre.
Bravo! Pour ce mot-là je te veux embrasser.
On ne saurait jamais mieux dire, mieux penser.

Je n'ai rien entendu de plus beau : plus j'y pense,
Plus je sais l'admirer. Quelle belle sentence !
Vivre il faut pour manger, non pas manger pour... Non,
Non, ce n'est pas cela. Dis-moi, comment dit-on ?

VALÈRE.

Qu'il faut manger pour vivre, et non pas...

HARPAGON.

Mais, sans doute,
Et je comprends très-bien. Maître Jacques, écoute,
Puis tâche à l'avenir d'en faire ton profit.
(*A Valère.*) Quel est donc l'ancien qui ce grand mot a dit?

VALÈRE.

Je n'ai pas là son nom présent à la mémoire.

HARPAGON.

Que le nom d'un tel homme est bien digne de gloire !
Tu m'écriras ces mots, ils valent un trésor.
Dans ma salle à manger, en belles lettres d'or
Je veux qu'ils soient gravés et mis en évidence.
On ne saurait trop lire une telle sentence.

VALÈRE.

Je n'y manquerai pas. A l'égard du souper,
N'y songez plus, pour vous je veux m'en occuper.
Vous en serez content, monsieur, laissez-moi faire.

HARPAGON.

Fais donc.

M. JACQUES.

Ma foi, tant mieux, cela fait mon affaire,
Par cet arrangement j'aurai moins d'embarras.

HARPAGON (*à Valère*).

Pour plats tu peux choisir un haricot bien gras,
Quelque pâté garni de marrons, une tourte ;
D'abord ça rassasie, et peu d'argent vous coûte.

VALÈRE.

Sur moi reposez-vous.

HARPAGON (*à M. Jacques*).

Il faut te dépêcher,
Laver mon carrosse.

M. JACQUES.

Ah ! c'est le tour du cocher.

M. JACQUES (*remet sa casaque*).

Vous dites donc...

HARPAGON.

Qu'il faut nettoyer mon carrosse,
Donner à mes chevaux un léger coup de brosse,
Et les tenir tout prêts à sortir.

M. JACQUES.

Vos chevaux,
Je ne les dirai pas, monsieur, ce serait faux,
En état de marcher, ou bien sur la litière,
Car ils n'en ont pas miette, ils couchent sur la terre.
C'étaient quand je les eus d'assez bons animaux,
En un passable état, sans pourtant être beaux.
Qui les reconnaîtrait dans l'état pitoyable
Où vous les avez mis par un jeûne effroyable !
Ils n'ont plus aujourd'hui que la peau, que les os,
Fantômes disposés en façons de chevaux.

HARPAGON.

Ils ne travaillent point. Les voilà bien à plaindre !

M. JACQUES.

En les traitant ainsi, monsieur, il est à craindre
Qu'ils crèvent avant peu : point ne faut s'abuser.
De manger pensez-vous qu'ils se puissent passer ?
Mieux vaudrait, travaillant, qu'ils eussent du fourrage,
Que de ne rien manger, au repos, dont j'enrage.

Cela me fend le cœur. Leur triste état surtout
Me cause un vif chagrin : on est homme après tout ;
Et dût cela paraître un acte de faiblesse,
J'ai là pour mes chevaux très-grand fonds de tendresse.
Quand je les vois tous deux jeune et dépérir,
Je crois que c'est moi-même, et je me sens souffrir.
Pour les nourrir je m'ôte, oui, le pain de la bouche.
On doit, si l'on n'est pas d'un naturel farouche,
Faire pour son prochain acte de charité.

HARPAGON.

Le travail sera-t-il si grand, en vérité.
D'aller jusqu'à la foire ? Et dès-lors je t'engage...

M. JACQUES.

Non, de les y mener je n'ai pas le courage.
C'est à force de coups qu'on les fera marcher;
Je ne me sens pas, moi, le cœur de les toucher.
Vous voudriez les voir traîner votre carrosse ;
Mais regardez-les donc, chacun est une rosse
Et ne peut se traîner lui-même, l'on verra...

VALÈRE.

Le voisin le Picard, monsieur, les conduira.
Aux apprêts du souper il peut nous être utile.

M. JACQUES.

Soit. J'aime encore mieux qu'en se rendant en ville
Les pauvres animaux lui crèvent sous la main.
Sous la mienne, ah ! jamais ! J'aurais trop de chagrin.

VALÈRE.

Maître Jacques, vraiment, fait bien le raisonnable.

M. JACQUES.

Et monsieur l'intendant fait bien l'homme capable.

HARPAGON.

Paix.

M. JACQUES.

Non, je ne saurais supporter les flatteurs.
Gens qui, du maître seul bruyants admirateurs,
Critiquent tout le reste, étalent un grand zèle.
Sur pain, vin, sel et bois, même sur la chandelle,
Disant et contrôlant, sans manquer un seul jour,
Monsieur veut vous gratter, et vous faire sa cour.
De tout cela j'enrage, et suis fâché d'entendre
Ce que l'on dit de vous, sans pouvoir vous défendre.
Car enfin, je vous aime, et puis certifier
Qu'après mes deux chevaux, vous êtes le premier
Dans mon affection.

HARPAGON.

Ce qu'on dit sur mon compte,
Pourrais-je le savoir ?

M. JACQUES.

Si je vous le raconte,
M'assurez-vous, monsieur, de ne pas vous fâcher ?

HARPAGON.

Point du tout. Au contraire, à ne te rien cacher,
Comme on parle de moi je suis ravi d'apprendre.

M. JACQUES.

Dans ce cas j'obéis. Si vous pouviez entendre
Comme l'on vous habille à ma barbe, à mon nez,
Les brocards qui sur vous pleuvent de tous côtés,
Surtout quand vous tenant de près, au cul, aux chausses,
Chacun vient raconter choses qu'on croirait fausses.
Vous faites, me dit l'un, qui va le publier,
Imprimer almanach tout particulier :
Vigiles, Quatre-Temps y figurent en double.
Vos gens y sont soumis; sans esclandre, sans trouble,
Grâce à ce double jeûne, autant de profité.

L'autre, que le moyen fût par vous inventé
Pour frustrer tous vos gens aux jours de votre fête,
D'étrennes, de sortie. Une querelle prête
Vous est un bon prétexte à ne leur donner rien.
Celui-ci dit qu'un jour, je n'y mets pas du mien,
De l'un de vos voisins vous fîtes en justice
Assigner le matou, pour avoir dans l'office
Mangé ce qui restait d'un gigot de mouton.
On vous aurait surpris encore, disait-on,
Un soir, de vos chevaux venant voler l'avoine.
Le cocher d'avant moi, mon cousin Champdavoine,
Comme il faisait obscur, vous croyant un voleur,
Vous aurait rudement bâtonné de grand cœur :
Vous n'en soufflâtes mot. Il faut que je vous dise
Que contre vous chacun lance quelque sottise.
Partout enfin de vous on se moque et l'on rit ;
Tout le monde s'en mêle, et nul n'y contredit.
Sous les noms de vilain et de ladre et d'avare,
Toujours on vous désigne, et même il n'est pas rare
Que l'on vous traite aussi de vieux fesse-Mathieu.

HARPAGON (*en battant M. Jacques*).

Vous êtes un coquin, un maraud, et mordieu,
Voilà comme je paie une telle impudence.

M. JACQUES.

Je l'avais deviné. Là, j'étais sûr d'avance
Que toute vérité ne pourrait vous aller.
Que ne me croyiez-vous?

HARPAGON.

Apprenez à parler.

SCÈNE VI.

VALÈRE, MAITRE JACQUES.

VALÈRE.

Il n'est pas toujours bon de dire sa pensée,
Et parfois la franchise est mal récompensée,
A ce que je puis voir.

M. JACQUES.

Hé, monsieur l'intendant,
Qui, tout nouveau venu, faites tant l'important,
De quoi vous mêlez-vous? Que venez-vous me dire?
De vos coups de bâton, morbleu, vous pourrez rire,
Quand vous en recevrez. Pourquoi rire des miens?
Chacun a bien assez de s'occuper des siens.

VALÈRE.

Maître Jacques, croyez... Allons, je vous en prie,
Calmez-vous; entre nous là point de fâcherie.

M. JACQUES.

Tiens, tiens, il file doux. Soyons brave, il a peur;
Frottons-le. Savez-vous, hé, monsieur le rieur,
Que je ne ris pas, moi? Ne m'échauffez la tête,
Autrement je pourrais troubler un peu la fête.

(M. Jacques pousse Valère jusqu'au bout du théâtre en le menaçant.)

VALÈRE.

Ah! doucement.

M. JACQUES.

Comment dites-vous? doucement.
Il ne me plaît...

VALÈRE.

De grâce.

M. JACQUES.

Et d'un impertinent...

VALÈRE.

Maître Jacques, je vous...

M. JACQUES.

J'endure peu l'offense.
Si je prends un bâton, je saurai d'importance
Vous rosser...

VALÈRE.

Un bâton ?

(Valère fait reculer M. Jacques à son tour.)

M. JACQUES.

Ne faites pas état...

VALÈRE.

Vous, oser me traiter ainsi comme un pied plat !
Sachez que je suis homme à vous rosser vous-même ?

M. JACQUES.

Oh ! je n'en doute pas.

VALÈRE.

L'insolence est extrême !
Mais vous n'êtes...

M. JACQUES.

Mon Dieu, je ne veux rien nier.

VALÈRE.

Pour tout potage, qu'un... faquin de cuisinier.

M. JACQUES.

Je le sais.

VALÈRE.

Je vous veux apprendre à me connaître.
Ah ! vous me rosserez ?

M. JACQUES.

Ai-je dit cela ?

VALÈRE.

Maître...

M. JACQUES.

Voyez-vous, je raillais.

VALÈRE.

Tant pis pour vous, monsieur;

(Donnant des coups de bâton à M. Jacques.)

Vous êtes, à mon sens, un fort mauvais railleur.

M. JACQUES (*seul*).

Soyez donc franc et vrai, quand vous faites réponse.
C'est un mauvais métier; désormais j'y renonce.
Oui, peste, je le dis, soit la sincérité,
Et je saurai pour moi garder la vérité.
Passe encor pour mon maître, il a droit de me battre;
Pour monsieur l'intendant, son ton je veux rabattre,
Et je m'en vengerai quelque jour, si je puis.

SCÈNE VII.

MARIANE, FROSINE, MAITRE JACQUES.

FROSINE.

Dites-moi, votre maître est-il point au logis?

M. JACQUES.

Oui, vraiment, il est-là; j'en porte l'assurance
Sur mon dos.

FROSINE.

Allez donc lui dire en diligence
Que nous sommes ici.

SCÈNE VIII.

MARIANE, FROSINE.

MARIANE.

Que ma position
Est étrange, Frosine. Une agitation

Pénible me possède, et rend mon âme émue :
Que j'appréhende fort, hélas! cette entrevue.

FROSINE.

A quoi bon et pourquoi vous tourmenter ainsi?

MARIANE.

Pouvez-vous demander d'où me vient tel souci?
En y pensant, je sens mes yeux mouillés de larmes.
Ne comprenez-vous point mes mortelles alarmes?
Les désirs de mon cœur, il me les faut cacher;
Je me livre au supplice où l'on veut m'attacher.

FROSINE.

Si je dois en juger par cet air pitoyable,
Pour mourir doucement, d'une mort agréable,
Mons Harpagon n'est pas le supplice attrayant
Qu'on voudrait embrasser! Oh ! que moins effrayant
Serait certain blondin...

MARIANE.

Je ne m'en veux défendre,
Et très-facilement tu pourras me comprendre.
Il nous venait souvent voir dans notre malheur :
Son respect, son amour ont su toucher mon cœur.
Il se montrait si bon ! son charmant caractère
M'inspira le désir de l'aimer, de lui plaire.

FROSINE.

Mais avez-vous appris sa famille, son nom ?
Encor faut-il savoir ce qu'il est.

MARIANE.

Mon Dieu, non.
Mais ce que je sais bien, c'est que son franc visage
Indique un homme aimant et point du tout volage;
Que je me sens pour lui prise d'un tendre amour;
Que libre, pour époux je le prendrais un jour.

Je l'avoue, il me semble à tous gens préférable,
Et c'est lui qui me rend encor plus effroyable
Cet époux inconnu que l'on veut me donner.

FROSINE.

Sans doute. Il faut pourtant un peu se raisonner.
Tous ces jeunes blondins ont de la gentillesse,
Et savent avec feu débiter leur tendresse.
Oui; mais comme des rats ils sont presque tous gueux.
Il vaut bien mieux pour vous de prendre un mari vieux,
Qui du bel et bon bien apporte en mariage.
J'avouerai que les sens perdent grand avantage
Du côté que je dis; qu'avec un tel époux
Vous devrez essuyer quelques petits dégoûts;
Mais c'est pour peu de temps. La mort qui le menace
Vous en délivrera bientôt. Lors, à sa place,
Vous prendrez un époux aimable, plein de cœur,
Pour réparer les torts de son prédécesseur.

MARIANE.

Frosine, que c'est donc chose triste et fâcheuse
D'attendre ou souhaiter, pour devenir heureuse,
Le trépas de quelqu'un; et bien souvent la mort
Ne suit pas les projets que nous faisons à tort.

FROSINE.

Vous moquez-vous? Avant de couronner sa flamme,
Stipulez au contrat qu'en vous prenant pour femme
Votre mari s'engage, et çà dès à présent,
Du bel état de veuve à vous faire présent,
Au plus tard dans trois mois. Autrement on s'assure...
Voilà l'homme.

MARIANE.

Ah! mon Dieu, quelle étrange figure!

SCÈNE IX.

HARPAGON, MARIANE, FROSINE.

HARPAGON (*à Mariane*).

Ne vous offensez pas, ma belle, si je viens,
Les lunettes au nez, vers vous. Oui, je soutiens
Que vos charmants appas frappent assez la vue;
Que visibles par eux, ils rendent l'âme émue.
Sans lunettes on peut les bien apercevoir;
Mais ne s'en sert-on pas pour les astres mieux voir?
Or, vous êtes un astre, un astre à faire envie
Aux astres les plus beaux que j'ai vus dans ma vie.
Hé, dis-moi donc, Frosine, elle ne répond mot,
Et pourtant mon discours n'est pas celui d'un sot.
Je trouve, par ma foi, que dans cette rencontre
Peu de joie à me voir la jeune fille montre.

FROSINE.

Elle est toute surprise encore de plaisir.
Une fille ne peut laisser voir son désir
Sans quelque honte : ainsi le veut la convenance.

HARPAGON.

(*A Frosine.*) Tu dis vrai : c'est l'effet de mon impatience.
(*A Mariane.*) Belle mignonne, ici chacun veut s'empresser;
Ma fille vous salue.

SCÈNE X.

HARPAGON, ÉLISE, MARIANE, FROSINE.

MARIANE.

Ah! veuillez m'excuser...
J'ai de grands torts, madame; et de cette visite,

C'est bien tard, à mon gré, qu'envers vous je m'acquitte.
A le faire plus tôt j'aurais eu grand plaisir.

ÉLISE.

Vous prévenir était mon devoir, mon désir.

HARPAGON.

Elle est grande; toujours croît une herbe mauvaise.

MARIANE (*bas à Frosine*).

O l'homme déplaisant!

HARPAGON (*à Frosine*).

Elle dit...

FROSINE.

Qu'elle est aise,
Et vous trouve admirable; oh! vous touchez son cœur.

HARPAGON.

C'est, mignonne, me faire aussi par trop d'honneur!
Je vous trouve vraiment toute belle, adorable.

MARIANE (*à part*).

Quel animal!

HARPAGON.

Merci, vous êtes trop aimable.

MARIANE.

Je n'y puis plus tenir.

SCÈNE XI.

HARPAGON, MARIANE, ÉLISE, CLÉANTE, VALÈRE, FROSINE, BRINDAVOINE.

HARPAGON.

Voici mon fils aussi,
Qui vient vous présenter ses devoirs.

MARIANE (*bas à Frosine*).

Ah! ici
Je retrouve l'amant dont tantôt...

FROSINE (*à Mariane*).

La rencontre
Prouve qu'en tout ceci le doigt de Dieu se montre.

HARPAGON.

Je vous ai présenté, madame, mes enfants ;
Vous paraissez surprise en les trouvant si grands.
Je serai tôt défait et de l'un et de l'autre.

CLÉANTE (*à Mariane*).

Madame, ma surprise égale au moins la vôtre;
Cette aventure étonne et confond mes esprits.
Mon père, à dire vrai, ne m'a pas peu surpris
En m'apprenant tantôt qu'il avait, dans son âme,
Arrêté le projet de vous nommer sa femme.

MARIANE.

C'est chez moi, je le dis, semblable sentiment.
J'étais loin de m'attendre à tel événement;
A vous trouver ici j'étais peu disposée.

CLÉANTE.

Je reconnais, madame, et c'est bien ma pensée,
Que mon père ne peut faire un plus heureux choix.
Il ne peut exister sur ce point qu'une voix.
A l'honneur de vous voir je sens mon cœur sensible ;
Mais je vous avouerai qu'il ne m'est pas possible,
Ma belle-mère ainsi vous voyant devenir,
De me trouver heureux de mon sort à venir.
Oui, c'est un compliment trop difficile à faire ;
En vous, je ne saurais aimer ma belle-mère.
Ce discours paraîtra brutal à quelques yeux ;
Mais je suis assuré que vous l'entendrez mieux.
Votre esprit éclairé saura bien me comprendre,
Et vous prendrez la chose ainsi qu'il la faut prendre.
Contre un pareil hymen je me sens prévenu.

Sachant ce que je suis, il vous est bien connu
Que dans mon cœur je dois, en cette circonstance,
Eprouver des regrets et de la répugnance.
Cet hymen, voyez-vous, choque mes intérêts;
Il confond, il renverse, hélas! tous mes projets.
Je vous dirai tout franc, si le permet mon père,
Que certes cet hymen à mes vœux si contraire,
S'il dépendait de moi, n'aurait pas lieu.

HARPAGON.

Comment?
Impertinent je trouve un pareil compliment.
Belle confession à lui faire?

MARIANE.

A vrai dire,
Elle me fâche peu.

HARPAGON.

Le meilleur est d'en rire.

MARIANE.

Mais non, je n'en ris pas. A monsieur votre fils
Je réponds, à mon tour, et franchement je dis :
De beau-fils si le titre est fait pour vous déplaire,
J'aime aussi peu celui de votre belle-mère.
Soyez bien convaincu que je ne cherche point
A vous inquiéter en rien sur un tel point.
Vous causer de la peine est loin de ma pensée;
Par absolu pouvoir si je n'y suis forcée,
Je puis bien volontiers ici vous garantir
Qu'à cet hymen j'entends ne jamais consentir.
Vous le voyez, si grande est votre répugnance,
La mienne n'est pas moindre en cette circonstance.

HARPAGON.

Bien répondu. Madame a mille fois raison;

Telle réponse à sot compliment. Mais pardon,
Ma belle, de mon fils pour cette impertinence;
Un sot, qui ne sait pas encor la conséquence
Des paroles qu'il dit. La jeunesse toujours...

MARIANE.

Je ne me sens blessée en rien par ces discours.
J'aime à voir votre fils expliquer sa pensée;
J'aurais quelque regret qu'il me l'eût déguisée.
Un aveu de la sorte a droit de me charmer,
Et pour me l'avoir fait je dois plus l'estimer.

HARPAGON.

Que c'est donc bien à vous d'avoir tant d'indulgence,
Et d'excuser sa folle et sotte impertinence!
Mon fils se montrera plus sage avec le temps;
Vous le verrez changer bientôt de sentiments.

CLÉANTE.

Mon père, d'en changer je ne suis point capable,
Et si je le faisais je me croirais coupable.
Rien n'est plus vrai, Madame, et je veux m'engageant...

HARPAGON.

Mais il devient de plus en plus extravagant.
Il va plus loin.

CLÉANTE.

Veut-on que mon cœur je trahisse?

HARPAGON.

Encor; faudra-t-il point que je vous avertisse
De changer de discours? Vous n'avez pas raison.

CLÉANTE.

Hé bien! puisque je dois parler d'autre façon,
De mon père, souffrez que je prenne la place;
Que je vous dise alors que jamais tant de grâce,
De charmes et d'attraits ne frappèrent mes yeux.

Vous plaire est le bonheur, et quel sort glorieux,
Par les liens charmants d'un heureux hymenée,
De pouvoir à la vôtre unir sa destinée!
Oui, je préférerais telle félicité
A tout, à posséder trône le plus vanté.
Des plus grands souverains les hautes destinées,
La gloire, qui toujours plaît aux âmes bien nées,
M'offrent moins doux attraits. Votre possession
Fait mon plus cher désir, ma seule ambition.
De votre époux le titre est le plus enviable,
Et pour le conquérir, moi, je me sens capable
De briser tout obstacle et tous empêchements...

HARPAGON.

Doucement, modérez, mon fils, vos sentiments.

CLÉANTE.

Ce n'est qu'un compliment que pour vous à Madame,
Mon père, je faisais. Peint-il mal votre flamme?

HARPAGON.

Mon Dieu, j'ai langue et peux moi-même présenter
Mes compliments, sans vous pour les interpréter.
Allons, des siéges, vite.

FROSINE.

Il vaut mieux à la foire
S'en aller de ce pas, monsieur, veuillez m'en croire.
On pourra bien plus tôt ici s'en revenir,
Et vous aurez du temps pour nous entretenir.

HARPAGON.

Qu'on mette les chevaux au carrosse, et du zèle.

SCÈNE XII.

HARPAGON, MARIANE, ÉLISE, CLÉANTE, VALÈRE, FROSINE.

HARPAGON (*à Mariane*).

Vous aurez la bonté de m'excuser, ma belle,
J'aurais dû vous offrir en cette occasion,
Avant que de partir, une collation.

CLÉANTE.

Rassurez-vous, mon père. Oranges de la Chine
En bassins, citrons doux ayant fort bonne mine,
Confitures aussi, j'ai, par un de vos gens,
Fait demander.

HARPAGON (*bas à Valère.*)

Valère.

VALÈRE (*à Harpagon*).

Il a perdu le sens.

CLÉANTE.

Est-ce qu'à votre avis, je n'aurais pas, mon père,
Su convenablement et bien les choses faire?
Madame sera bonne assez pour excuser...

MARIANE.

De la collation je pouvais me passer.

CLÉANTE (*à Mariane*).

En fait de diamants êtes-vous connaisseuse?
Celui de mon père est de belle eau.

MARIANE.

Merveilleuse;
Il brille vivement.

CLÉANTE (*sortant du doigt de son père le diamant et le donnant à Mariane.*)

Il faut le voir de près.

MARIANE.

Il est fort beau, sans doute, et de feux quels vifs jets!

CLÉANTE (*se mettant au-devant de Mariane qui veut rendre le diamant*).

Non, veuillez le garder à votre main si belle.
Mon père, en vous l'offrant pour preuve de son zèle,
Est bien heureux.

HARPAGON.

Moi? mais...

CLÉANTE (*à son père*).

Il faut que ce présent
De votre amour lui reste un souvenir présent,
N'est-il pas vrai?

HARPAGON (*bas à son fils*).

Comment, comment?

CLÉANTE (*à Mariane*).

Belle demande!
De le faire accepter par vous il me commande.

MARIANE.

Je ne veux point.

CLÉANTE.

Madame, ah! vous en dessaisir...

HARPAGON (*à part*).

J'enrage.

MARIANE.

Ce serait...

CLÉANTE.

Le priver d'un plaisir,
Et l'offenser.

MARIANE.

De grâce.

CLÉANTE.

Eh! point du tout.

HARPAGON (*bas à son fils*).

Ah! traître!

CLÉANTE (*à Mariane*).

Votre refus l'afflige, il le fait bien paraître ;
Son air désespéré...

HARPAGON (*bas à son fils en le menaçant*).

Bourreau, m'assassiner !

CLÉANTE (*à son père*).

Je fais ce que je puis pour la déterminer.
Son obstination...

HARPAGON (*bas à son fils avec emportement*).

Pendard !

CLÉANTE (*à Mariane*).

Vous êtes cause
Que je suis querellé, madame. Cette chose...

HARPAGON (*bas à son fils avec les mêmes gestes*).

Le coquin !

CLÉANTE (*à Mariane*).

Le rendra malade. En résistant,
C'est l'affliger par trop, tandis qu'en acceptant...

FROSINE (*à Mariane*).

Pourquoi tant de façons ? Vous avez tort d'en faire,
Puisque monsieur le veut.

HARPAGON.

Pour ne vous point déplaire
Je garde cette bague, et je prendrai mon temps
Pour la rendre.

CLÉANTE.

Voici, mon père, un de vos gens.

SCÈNE XIII.

HARPAGON, MARIANE, ÉLISE, CLÉANTE, VALÈRE, FROSINE, BRINDAVOINE.

BRINDAVOINE.

Quelqu'un veut vous parler, monsieur.

HARPAGON.

Eh, qu'il revienne;
Je... je suis empêché.

BRINDAVOINE.

Bien, qu'à cela ne tienne,
Il apportait pour vous, a-t-il dit, de l'argent.

HARPAGON.

Hein, de l'argent, dis-tu? Mais c'est bien différent.
(A Mariane.)
Veuillez donc m'excuser. Je reviens tout à l'heure.

SCÈNE XIV.

HARPAGON, MARIANE, ÉLISE, CLÉANTE, VALÈRE, FROSINE, LA MERLUCHE.

LA MERLUCHE (*courant et faisant tomber Harpagon*).
Monsieur...

HARPAGON.

Ah! je suis mort! faut-il donc que je meure!

CLÉANTE.

Mon père, qu'avez-vous? vous êtes-vous fait mal?
N'êtes-vous point blessé?

HARPAGON.

Le traître! l'animal!
Oui, de mes débiteurs il a pris quelque somme
Pour me faire casser le cou, le coquin d'homme!

VALÈRE (*à Harpagon*).
Cela ne sera rien.

LA MERLUCHE (*à Harpagon*).

En cette occasion,
Pardonnez en faveur de mon intention.
J'espérais que mon zèle allait vous satisfaire,
Et voilà que grondé par vous...

HARPAGON.

Que viens-tu faire ?
Réponds vite, bourreau ?

LA MERLUCHE.

Monsieur, du maréchal,
Vos chevaux déferrés ont besoin.

HARPAGON.

C'est fort mal
A toi de n'y penser que trop tard ; qu'on les mène,
Et promptement, chez lui.

CLÉANTE.

Si tel est votre avis,
Mon père, je ferai les honneurs du logis.
La collation peut dans le jardin se faire.
(A Mariane.)
Si vous daignez venir...

SCÈNE XV.

HARPAGON, VALÈRE.

HARPAGON.

Surveille tout, Valère ;
Prends soin de m'en sauver le plus que tu pourras,
Pour le rendre au marchand.

VALÈRE.

Je n'y manquerai pas.

HARPAGON.

O fils impertinent ! mener pareille vie !
Mais de me ruiner aurais-tu donc l'envie ?

FIN DU TROISIÈME ACTE.

ACTE QUATRIÈME

SCÈNE PREMIÈRE.

CLÉANTE, MARIANE, ÉLISE, FROSINE.

CLÉANTE.

Rentrons. Autour de nous personne de suspect,
Nous pouvons librement parler de mon projet.

ÉLISE (*à Mariane*).

Mon frère, qui dans moi met quelque confiance,
De son amour pour vous m'a fait la confidence.
Ces traverses, je sais quel profond déplaisir
Elles jettent au cœur : on m'y voit compatir;
Et vous pouvez compter sur l'extrême tendresse
Qui fait qu'à tout ceci pour vous je m'intéresse.

MARIANE.

A vous entendre ainsi prendre mes intérêts,
Je me sens moins à plaindre, et presque sans regrets.
Cette amitié si tendre autant que généreuse
Gardez-la moi toujours; elle m'est précieuse,
Et pourra m'adoucir les cruautés du sort.

FROSINE.

C'est un malheur pour vous, si ce n'est pas un tort,
De ne m'avoir pas fait avant la confidence;
Car de votre projet la moindre connaissance
M'aurait facilité les moyens d'écarter
Des obstacles que, moi, je viens de susciter.

CLÉANTE.

Il en faut accuser ma triste destinée.

A quoi vous êtes-vous enfin déterminée,
Belle Mariane ?

MARIANE.

Ah ! est-il en mon pouvoir
De prendre aucun parti ? Que faire ? Que vouloir ?
Dans l'état où je suis d'entière dépendance,
Quand le devoir commande et veut l'obéissance,
Puis-je former, hélas ! dans mon bien triste cœur,
Que des souhaits ?

CLÉANTE.

Hé quoi ! pour calmer ma douleur,
N'offrir que des souhaits ? De pitié généreuse,
De bonté secourable, active, affectueuse,
Point, point ?

MARIANE.

Éprouva-t-on jamais tel embarras ?
Que saurais-je vous dire ? Oh ! ne me blâmez pas.
Autant que vous je souffre, et mon trouble est extrême ;
Je m'en remets à vous, ordonnez tout vous-même.
Pour vouloir exiger de moi, sans m'abuser,
Rien qui la bienséance ou l'honneur peut blesser,
Je vous crois bien trop sage.

CLÉANTE.

Extrémité fâcheuse !
Où me reduisez-vous ? Hélas, vous voir heureuse
Est mon plus cher désir ! un rigoureux honneur
Devra donc dominer les sentiments du cœur ?

MARIANE.

Mais, que voulez-vous donc, Cléante, que je fasse ?
Eh bien ! pour un moment mettez-vous à ma place.
Quand je pourrais passer sur quantité d'égards
Où, dans un cercle étroit fermé de toutes parts,

Notre sexe est soumis, mon amour pour ma mère,
Et me guide et m'invite à ne pas lui déplaire.
Elle eut toujours pour moi si tendre attachement.
Pour prix de ses bontés je ferais son tourment!
C'est impossible. Allez, agissez auprès d'elle;
Employez tous vos soins, montrez-vous plein de zèle
A gagner son esprit. Pour atteindre au succès,
Tout ce que vous voudrez faites, je le permets.
Je vous approuve en tout et sur tout et d'avance,
Et s'il faut déclarer pour vous ma préférence,
Je suis prête; à ma mère un bien sincère aveu
Je ferai tout à l'heure : il me coûtera peu.

CLÉANTE.

Voudrais-tu nous servir, dis, ma pauvre Frosine?

FROSINE.

De fille qui refuse ai-je, voyons, la mine?
Faut-il le demander? Je le veux de tout cœur.
Je suis d'un naturel trop bon, pour mon malheur.
Le ciel ne m'a point fait l'âme par trop tigresse.
Pour obliger, souvent je sens grande tendresse,
Quand je vois gens s'aimer en tout bien, tout honneur.
Que peut-on à ceci faire? Si, par bonheur,
Je... Mais non..

CLÉANTE.

Songe un peu.

MARIANE.

Cherche bien, examine,
Tâche de découvrir...

ÉLISE.

Enfin trouve, imagine,
Là, quelque invention, et romps ce qui s'est fait.

FROSINE.

Çà ne va pas tout seul. (*A Mariane.*) Votre mère, on le sait,
N'est pas déraisonnable, et peut être amenée
A quitter le projet de ce triste hymenée.
Son amour pour sa fille on a su me vanter.
On peut du père au fils lui faire transporter
Le don qu'elle voulait d'abord au premier faire.
(*A Cléante.*) Votre père, voilà le mal, est votre père.

CLÉANTE.

Celà s'entend.

FROSINE.

Je dis qu'il aura de l'humeur
S'il voit qu'on le refuse ; et pour ma part j'ai peur
Que, par un sentiment où la colère engage,
Il oppose un refus à votre mariage.
Pour bien faire il faudrait trouver quelque moyen.
(*A Mariane.*) De le fort dégoûter de vous, de cet hymen.

CLÉANTE.

L'idée est parfaite.

FROSINE.

Oui, mais ce qui m'inquiète,
C'est le moyen : voyons. Je cherche dans ma tête...
Si nous pouvions trouver... J'y suis, c'est excellent,
Une femme sur l'âge, un peu de mon talent,
Qui prenant les grands airs, le train et la parole
De grande dame, ici vînt en jouer le rôle.
Marquise ou vicomtesse avec bizarre nom,
De la basse Bretagne et d'illustre maison
On la supposerait. Avec un peu d'adresse,
Votre père croira que comme une princesse
Elle est riche. Je veux lui donner en argent,

Outre belles maisons, cent mille écus comptant.
Je dirai que pour lui si brûlante est sa flamme,
Que son seul désir tend à devenir sa femme;
Que son amour la porte à tout abandonner;
Que son bien par contrat elle lui veut donner.
La proposition fera, je dis, merveille,
Et je ne doute pas qu'il n'y prête l'oreille;
Car s'il vous aime fort, je crois, ma belle enfant,
Que dans son fond notre homme aime encor plus l'argent.
Une fois assurés du succès de la ruse,
Il nous importe peu lors qu'il se désabuse,
Quand il connaîtra mieux la marquise et ses biens.

CLÉANTE.

Très-bien.

FROSINE.

Laissez-moi faire. En ce moment, je viens
De me ressouvenir d'une excellente amie
Qui sera notre fait : besoin n'est qu'on l'en prie.

CLÉANTE (*à Frosine*).

Je saurai me montrer pour toi reconnaissant,
Si tu peux réussir; sois tranquille. A présent,
Charmante Mariane, il faut de votre mère
Commencer par gagner l'esprit. C'est beaucoup faire
Que de rompre un hymen, cause de tant d'ennui.
Mais, pour y parvenir, il me faut votre appui,
Vos efforts. Servez-vous de la toute-puissance
De la tendre amitié que, depuis votre enfance,
Elle a pour vous. Montrez ces charmes tout-puissants,
Cette grâce éloquente, et ces airs si touchants
Que le ciel a placés dans vos yeux, votre bouche.
Il n'est indifférent que tout cela ne touche.
A cette voix si douce, à ce regard charmant

Qui nous révèle un cœur sensible, bon, aimant,
Qui pourrait résister?

MARIANE.

Ce n'est que flatterie:
J'y ferai mes efforts.

CLÉANTE.

Faites, je vous en prie.

SCÈNE II.

HARPAGON, CLÉANTE, MARIANE, ÉLISE, FROSINE.

HARPAGON (*sans être aperçu*).

De sa belle-mère, ouais, mon fils baise la main;
Elle s'en défend peu. Diable, pour mon hymen
Çà ne sent rien de bon. Eh! mais, quelque mystère
Serait-il là-dessous caché?

ÉLISE.

Voilà mon père.

HARPAGON.

Le carrosse est tout prêt, et vous pouvez partir
Quand vous voudrez. Pour moi, je ne saurais sortir.

CLÉANTE.

Puisque vous n'allez pas, je m'offre à les conduire.

HARPAGON.

Non, demeurez. J'aurai quelque chose à vous dire.

SCÈNE III.

HARPAGON, CLÉANTE.

HARPAGON.

Causons en attendant qu'elles soient de retour.
Donne-moi ton avis, et parle sans détour.
Tout intérêt à part, de cette belle-mère,
Que te semble à toi, dis? Eh bien...

CLÉANTE.

A moi, mon père?

HARPAGON.

Oui, son air, sa beauté, sa taille, son esprit.
Qu'en penses-tu, voyons?

CLÉANTE.

Là, d'après ce qu'on dit...

HARPAGON.

Ton avis?

CLÉANTE.

Je dois dire avec toute franchise
Que je la croyais mieux. A l'endroit de sa mise,
Elle manque de goût; puis, je lui trouve l'air
D'une franche coquette, et l'abord un peu fier.
Sa taille est assez gauche, et sa beauté commune,
L'esprit à l'avenant, enfin peu de fortune.
Ce que je dis n'est pas pour vous en détourner;
Vous voulez mon avis, je dois vous le donner.
Si votre intention est d'une belle-mère
De nous gratifier, croyez-le bien, mon père,
J'aime autant celle-ci qu'une autre.

HARPAGON.

Quoi, vraiment?
Tu lui disais tantôt pourtant...

CLÉANTE.

Un compliment
En votre nom, c'est vrai : c'était pour vous complaire.

HARPAGON.

Si ton avis est franc, il est un peu sévère.
Pour elle tu n'aurais nulle inclination,
Je le vois?

CLÉANTE.

Moi ? du tout.

HARPAGON.

Ce m'est affliction,
Je l'avoue; et cela rompt certaine pensée
Qui m'était dans l'esprit, en la voyant, passée.
De son âge et du mien faisant comparaison,
J'en venais à penser, non sans quelque raison,
Que si, de cet hymen déjà chacun s'étonne,
On me blâmera plus en voyant la personne,
Objet de mon choix. Donc, je changeais de dessein,
Dégageais ma parole en demandant sa main
Pour toi, mon fils, demande à coup sûr acceptée.
Après l'aversion par toi manifestée...

CLÉANTE.

Quoi ! vous auriez voulu me la faire épouser?

HARPAGON.

Sans doute. Tu la hais, il n'y faut plus penser.

CLÉANTE.

Ecoutez Il est vrai qu'elle n'est pas, mon père,
Fort à mon goût. Pourtant mon désir de vous plaire
Me porte à l'épouser.

HARPAGON.

Non, mon fils, point du tout.
La raison me défend de contraindre ton goût.

CLÉANTE.

Pardonnez-moi. Je veux, dans ma reconnaissance,
Ce gage vous donner de mon obéissance,
Et vos bontés...

HARPAGON.

Non, non. Un hymen n'est heureux
Que si même penchant vit au cœur de tous deux.

CLÉANTE.

Mon père, ce penchant viendra peut-être ensuite,
Et l'amour est un fruit que l'hymen produit vite.

HARPAGON.

Non. L'homme ne doit pas l'affaire ainsi risquer :
Le vrai talent consiste à la bien attaquer.
Les suites, on le sait, se produisent fâcheuses :
Je ne veux m'y commettre ; il me les faut heureuses.
Si ton cœur eût senti quelque inclination,
Très-volontiers j'aurais formé cette union.
Ça n'est pas. D'épouser je reprends la pensée.

CLÉANTE.

Mon père, je me sens l'âme par trop pressée,
Et ne puis plus longtemps garder notre secret.
Mariane, je l'aime en amant vrai, discret,
Depuis que je la vis dans une promenade
S'accommodant au pas de sa mère malade.
De m'obtenir sa main je venais vous presser.
Vos discours de tantôt sont venus tout briser,
Sentiments et projets. Hélas! j'ai dû me taire,
Dans la crainte où j'étais alors de vous déplaire.

HARPAGON.

Et vous avez cherché sans doute à la revoir ?

CLÉANTE.

Je la revis.

HARPAGON.

Souvent ? (*Cléante fait un signe de tête affirmatif.*)

HARPAGON.

On dût vous recevoir
Avec empressement ?

CLÉANTE.

Oui, mais sans me connaître.

C'est pourquoi Mariane a fait tantôt paraître
Sa surprise à ma vue.

HARPAGON.

Et votre passion
Vous avez déclaré, puis votre intention
Dépouser.

CLÉANTE.

Oui, vraiment; je le devais, mon père.
Mon amour, mes projets, j'ai tout dit à sa mère.

HARPAGON.

Comment a-t-elle pris la proposition?

CLÉANTE.

Mais fort civilement.

HARPAGON.

Et l'inclination
De la fille répond à votre amour?

CLÉANTE.

Mon père,
Si j'ai lu dans son cœur, je ne crois pas déplaire.
De ses bontés pour moi j'ai lieu de me louer.

HARPAGON (*bas à part*).

Et moi, je suis content, il faut bien l'avouer,
D'apprendre ce secret important à connaître.
(*Haut.*) De votre amour, mon fils, vous avez cru peut-être
Que j'allais approuver les empressés transports?
Détrompez-vous. Ailleurs dirigez vos efforts,
Et de ces sentiments songez à vous défaire.
Pouvez-vous disputer la place à votre père?
Mariane est pour moi; je prétends l'épouser.
J'ai fait un choix pour vous, et veux vous fiancer.

CLÉANTE.

Me jouer à ce point! tromper ma confiance!

C'est un peu trop compter sur mon obéissance.
Plutôt que de mon cœur bannir ma passion,
De Mariane ainsi trahir l'affection,
Je ferai tout au monde et même un coup de tête;
Je vous disputerai pied à pied sa conquête.
Si sa mère trop faible accepte vos discours,
Pour vous combattre, moi, j'aurai d'autres secours.

HARPAGON.

Comment, pendard, comment, aller sur mes brisées?
Bien grande ton audace et folles tes visées !

CLÉANTE.

Mon audace ! De nous qui donc est le premier
En date, s'il vous plaît? Vous ne sauriez nier...

HARPAGON.

Mais le respect, monsieur ! Ne suis-je pas ton père ?
Ne dois-tu...

CLÉANTE.

Le respect ici n'a rien à faire,
Et vous invoquerez titre et respect en vain.
L'amour commande à tous en maître souverain.

HARPAGON.

Oh ! je t'apprendrai bien quel est ici le maître.
Quelques coups de bâton me feront reconnaître.

CLÉANTE.

Vos menaces, allez, ne m'épouvantent pas.

HARPAGON.

A Mariane dis que tu renonceras ?

CLÉANTE.

Non, jamais.

HARPAGON.

Qu'on me donne un bâton tout à l'heure;
Oui, je t'en veux frapper ou qu'à l'instant je meure.

SCÈNE IV.

HARPAGON, CLÉANTE, MAITRE JACQUES.

M. JACQUES.

Hé, hé, hé, Messieurs, qu'est-ce ? à quoi donc songez-vous ?

CLÉANTE.

Je m'en moque.

M. JACQUES (*à Cléante*).

Ah ! Monsieur, doucement !

HARPAGON.

Par des coups
Je veux payer, pendard, une telle impudence.

M. JACQUES (*à Harpagon*).

Ah, de grâce, Monsieur !

CLÉANTE.

N'est-ce pas conscience
De me tromper ainsi ? Je n'en démordrai point.

M. JACQUES (*à Cléante*).

Mais il est votre père !

HARPAGON.

Oh ! laisse....

M. JACQUES.

Sur le point
De battre votre fils ! Encore pour moi passe.

HARPAGON.

Oui, tu n'agirais pas autrement à ma place.
Je te fais juge ; vois si je n'ai pas raison.

M. JACQUES.

J'y consens. (*A Cléante.*) Allez là, tout près de la maison.

HARPAGON.

J'aime une jeune fille ; elle a ma confiance,

Et je veux l'épouser. Le drôle a l'insolence
De l'aimer avec moi, voulant bon gré, mal gré,
Y prétendre.

M. JACQUES.

Il a tort.

HARPAGON.

Bon ordre j'y mettrai.
N'est-ce pas une chose étrange, épouvantable,
Qu'un fils ose envers moi se rendre aussi coupable,
Sans respect en parole et même en actions,
Et s'en vienne toucher à mes affections.

M. JACQUES.

Oui, vous avez raison. Souffrez que je lui cause.

CLÉANTE (*à M. Jacques qui s'approche de lui*).

Mon père t'ayant pris pour juge de la chose,
Je n'y recule point. Dans notre différend
J'ai le bon droit pour moi. C'est si bien évident
Que, quelque soit le juge, en rien il ne m'importe;
Comme lui, volontiers à toi je m'en rapporte.

M. JACQUES.

Un aussi grand honneur m'étonne et me confond.

CLÉANTE.

Une jeune personne à mes désirs répond:
Mon cœur en est épris, et sa foi m'est promise;
Mais ne voilà-t-il pas que mon père s'avise
De troubler notre amour en demandant sa main!

M. JACQUES.

Il a tort, dix fois tort pour une.

CLÉANTE.

Un tel dessein
Sans honte se peut-il concevoir à son âge?

Devenir amoureux! penser au mariage !
Aux jeunes gens convient cette occupation.

M. JACQUES.

Il se moque, il se moque. A la réflexion
Je vais le rappeler. (*A Harpagon.*) Votre fils est plus sage
Que vous ne le disiez. Sans tarder davantage
Il convient qu'il vous doit le respect, ajoutant
Que s'il s'est emporté dans le premier instant,
C'est par fougue. A vos vœux tout prêt à se soumettre,
Il demande, monsieur, que vous vouliez promettre
D'un peu mieux le traiter au moins à l'avenir ;
Pour effacer en lui tout fâcheux souvenir,
Que vous lui procuriez de plus en mariage
Une femme charmante, aimable, bonne et sage.

HARPAGON.

Puisqu'il agit ainsi, c'est bon ; et, par ma foi,
Dis-lui que toute chose il espère de moi ;
Qu'excepté Mariane, il choisisse à son aise,
Sans craindre un seul instant que son choix me déplaise.
D'avance je l'approuve, et veux ce qu'il voudra.

M. JACQUES.

Laissez-moi ; je suis sûr qu'à tout il se rendra.
(*A Cléante.*) Votre père n'est pas aussi déraisonnable
Que vous le faites. Non, il est bien incapable
De vous contrarier. Son mécontentement,
Vous devez l'imputer à votre emportement
Qui l'avait irrité. Si, changeant de manière,
Vous venez en douceur, avec bonne prière,
Lui montrer le respect et les soumissions
Qu'un fils doit à son père, à ces conditions
Il accordera tout.

CLÉANTE.

Qu'il couronne ma flamme,
Me donne Mariane, et je veux sur mon âme,
Me montrant bien sensible à toutes ses bontés,
Et reconnaître et suivre en tout ses volontés.

M. JACQUES (*à Harpagon*).

Hé, c'est fait; il consent à tout ce que vous dites.

HARPAGON.

Très-bien.

M. JACQUES (*à Cléante*).

Tout est conclu, sans aucunes redites
Au sujet du passé.

CLÉANTE.

Tant mieux en vérité.

M. JACQUES.

A présent qu'entre vous j'ai fait un bon traité,
Vous n'avez qu'à causer. Oui, faute de s'entendre,
On voyait disputer bon fils et père tendre.

CLÉANTE.

Maître Jacques, merci. Je suis ton obligé
A toujours, et par moi tu seras protégé.

M. JACQUES.

Ce n'est pas...

HARPAGON.

Oh! cela mérite récompense.

(*Harpagon fouille dans sa poche; Maître Jacques tend la main; mais Harpagon ne tire que son mouchoir en disant :*)

Va, sois-en convaincu, j'en aurai souvenance.

M. JACQUES.

Je vous baise les mains.

SCÈNE V.

HARPAGON, CLÉANTE.

CLÉANTE.

J'eus tort de m'emporter.
Humblement mon pardon je viens solliciter,
Mon père.

HARPAGON.

Ce n'est rien.

CLÉANTE.

Ma peine est bien profonde,
Et j'éprouve en mon cœur tous les regrets du monde.

HARPAGON.

Moi, je suis tout joyeux de te voir raisonner
Comme tu fais.

CLÉANTE.

C'est bien à vous de pardonner
La faute que tantôt follement j'ai commise.

HARPAGON.

Il faut à ses enfants passer quelque sottise.
Dès qu'on les voit soumis, rentrer dans le devoir,
On doit tout oublier et les bien recevoir.

CLÉANTE.

Quoi, vous ne garderez de mon extravagance
Aucun ressentiment ?

HARPAGON.

Non. Ton obéissance,
Ainsi que le respect que tu montres pour moi,
Me font de l'oublier une suprême loi.

CLÉANTE.

Ah ! jusques au tombeau, je vous promets, mon père,
De garder souvenir d'une bonté si chère !

HARPAGON.

Et moi, je te promets, mon fils, de t'accorder
Tout ce qu'il te plaira ; tu n'as qu'à demander.

CLÉANTE.

Demander quoi? De joie, ah! vous comblez mon âme,
Mon père, en me donnant Mariane pour femme.

HARPAGON.

Hé! qui te parle d'elle et de te l'accorder?

CLÉANTE.

Vous le savez trop bien pour me le demander.
Mon cœur vous remercie, et ma joie est complète.

HARPAGON.

Qui t'a dit...

CLÉANTE.

Qui? mais vous.

HARPAGON.

Moi, moi? Tu perds la tête.
Ne m'as-tu pas promis ici d'y renoncer?

CLÉANTE.

Moi, j'ai promis?

HARPAGON.

Oui.

CLÉANTE.

Non.

HARPAGON.

Veux-tu recommencer?
Un tel entêtement ne saurait se comprendre.
Tu ne t'es pas, dis-tu, départi d'y prétendre?

CLÉANTE.

Loin de là, je m'y sens plus porté que jamais.

HARPAGON.

Quoi, pendard, de rechef?

CLÉANTE.

Je le dis et promets
De ne jamais changer.

HARPAGON.

Laisse-moi faire, traître.

CLÉANTE.

De dire et faire tout vous êtes bien le maître.

HARPAGON.

Eh bien! je te défends de-me jamais revoir.

CLÉANTE.

Soit.

HARPAGON.

Et puisque envers moi tu manques au devoir,
Je t'abandonne.

CLÉANTE.

Bien. Vous n'avez qu'à poursuivre.

HARPAGON.

En toi je ne vois plus un fils; ailleurs va vivre.

CLÉANTE.

J'irai.

HARPAGON.

Mais, je te veux en plus déshériter.

CLÉANTE.

Vous en avez le droit: il faut en profiter.

HARPAGON.

Ma malédiction, oui, coquin, je te donne.

CLÉANTE.

Une donation venant de vous m'étonne,
Grand merci de vos dons.

SCÈNE VI.

CLÉANTE, LA FLÈCHE.

LA FLÈCHE (*sortant du jardin avec une cassette*).

Je vous trouve à propos;
Suivez-moi.

CLÉANTE.

Qu'est-ce, dis?

LA FLÈCHE.

Suivez-moi, point de mots.
Nous sommes bien.

CLÉANTE.

Comment?

LA FLÈCHE.

Venez, j'ai votre affaire.

CLÉANTE.

Quoi?

LA FLÈCHE.

J'ai guigné l'objet une journée entière.

CLÉANTE.

Qu'est-ce que c'est?

LA FLÈCHE.

Je viens d'attraper le trésor
De votre père.

CLÉANTE.

Et mais, comment, dis?

LA FLÈCHE.

Pas encor,
Plus tard vous saurez tout : il faut prendre la fuite.
Sauvons-nous, je l'entends crier, sauvons-nous vite.

SCÈNE VII.

HARPAGON (*criant au voleur dès le jardin*).

Au voleur, au voleur, au voleur, au voleur,
Au meurtre, à l'assassin. Justice, ciel vengeur!
Assassiné, perdu, tout mon sang m'abandonne;
On m'a pris mon argent. Le nom de la personne?
Qu'est-elle devenue? Où donc pour la chercher
Courir, ne pas courir? Quel lieu peut la cacher?
(*A lui-même, se prenant par le bras.*)
Que faire! Est-elle ici, là? Vil coquin, arrête,
Et rends-moi mon argent, ou malheur à ta tête...
Ah! c'est moi! Mon esprit ignore, étant troublé,
Où je suis, qui je suis, ce que je fais. Volé!!!
Hélas! mon pauvre argent, objet de ma tendresse;
Pauvre argent, cher ami, soutien de ma vieillesse,
On m'a privé de toi! Que vais-je devenir?
En toi j'ai tout perdu, support, joie, avenir;
Tout est fini pour moi, sans toi que faire au monde?
C'en est fait, je n'en peux, je me meurs, je suis mort,
Je suis enterré. Làs, plaignez mon triste sort.
De me ressusciter quelqu'un a-t-il l'envie?
Me rendre mon argent, c'est me rendre la vie.
Nommez-moi mon voleur. Je veux, pour ce bienfait,
Prier le ciel que tout vous arrive à souhait.
Hé! quoi, que dites-vous? Rien, rien : ce n'est personne.
Pour avoir fait ce coup, il faut, ou je m'étonne,
Qu'on ait avec grand soin surveillé mon logis
Pendant que je parlais à mon traître de fils...
Sortons. Je veux moi-même amener la justice,
Et sans perdre de temps. Grâce à son bon office,
Je pourrai retrouver l'argent. La question

Je vais faire donner, et sans exception,
A tous mes serviteurs et mâles et femelles,
A fils, à fille, à moi. Pardon, toi qui récèles
Mon argent, rends-le-moi. Que de gens assemblés!
Je ne puis sur aucun jeter mes yeux troublés
Que je ne le soupçonne au fond de ma pensée;
Et je vois mon voleur dans tous; tête insensée!
Hé! dites-moi, de quoi parlez-vous donc là-bas?
De mon voleur? Pourquoi ne répondez-vous pas?
Quel bruit fait-on là-haut? Serait-ce lui? De grâce,
Si c'est lui, sur-le-champ faites qu'on me le passe.
Hein! ne serait-il point caché-là parmi vous?
Ils se mettent à rire en me regardant tous.
A voir leur air moqueur et satisfait, je gage
Que du produit du vol ils viennent à partage.
Eh vîte, commissaire, archers, juges, prévôts,
Des potences, des fers, des gênes, des bourreaux.
Pour trouver mon argent qu'on pende tout le monde;
Perdu, je me pendrai tant ma peine est profonde.

FIN DU QUATRIÈME ACTE.

ACTE CINQUIÈME

SCÈNE PREMIÈRE.

HARPAGON, UN COMMISSAIRE.

LE COMMISSAIRE.

Laissez-moi faire. On sait, Dieu merci, son métier.
Depuis près de vingt ans j'exerce en ce quartier.
Ce n'est pas d'aujourd'hui que j'applique mon zèle
A découvrir les vols ; en ce talent j'excelle
Et je voudrais avoir en sacs de mille francs
Le nombre que j'ai fait en tout pendre de gens.

HARPAGON.

Je m'en rapporte à vous. Oui, vous devez comprendre
Que tous les magistrats ont intérêt à prendre
Pareille affaire en main ; si je n'ai promptement
De mon argent volé l'entier recouvrement,
C'est qu'ils n'auront pas su bien remplir leur office,
Et justice j'irai chercher de la justice.

LE COMMISSAIRE.

Dans la poursuite il faut ne se point égarer.
Aussi veuillez d'abord, monsieur, me déclarer
L'argent que contenait en tout votre cassette,
Et tâchez de me faire une réponse nette.

HARPAGON.

Dix mille bons écus et par moi bien comptés.

LE COMMISSAIRE.

Dix mille écus ?

HARPAGON.

Dix mille.

LE COMMISSAIRE.

Eh! mais, vous m'étonnez,
Le vol est important.

HARPAGON.

Il n'est aucun supplice
Assez grand pour ce crime énorme. La justice
Ne saurait le punir par trop sévèrement.
Impuni, dans ce monde il n'est assurément
Plus rien de sacré, plus...

LE COMMISSAIRE.

Mais, sans tant de paroles,
En quel argent la somme ?

HARPAGON.

En louis d'or, pistoles
Tout neufs et bien frappés.

LE COMMISSAIRE.

Du vol de cet argent
Qui donc soupçonnez-vous ?

HARPAGON.

Tout le monde. A l'instant
Arrêtez prisonniers les faubourgs et la ville.

LE COMMISSAIRE.

Procédons, croyez-moi, de façon très-civile,
N'effarouchons personne. Au but pour parvenir
Quelques preuves d'abord tâchons de réunir ;
Par la rigueur après on aura les espèces.
Je verbalise, on doit tout constater par pièces.

SCÈNE II.

HARPAGON, UN COMMISSAIRE, MAITRE JACQUES.

M. JACQUES (*dans le fond du théâtre en se retournant du côté par lequel il est entré*).

Je m'en vais revenir. Qu'on l'égorge à l'instant;
Qu'on lui fasse griller les pieds à feu flambant;
Je veux qu'on me le mette après dans l'eau bouillante;
Qu'on l'accroche au plancher, et la tête pendante.

HARPAGON (*à M. Jacques*).

Qui? Celui qui m'a pris... Réponds vîte, à l'instant.

M. JACQUES.

C'est un cochon de lait que monsieur l'intendant
A moi vient d'envoyer. Tout à ma fantaisie
L'accommodant, je veux, que d'en manger l'envie....

HARPAGON.

Il est bien question de çà! Tu vas parler
D'autre chose à monsieur, et sans lui rien céler.

LE COMMISSAIRE (*à M. Jacques*).

Ne vous allarmez point comme fait un coupable,
De vous scandaliser je suis bien incapable;
Et les choses iront toutes dans la douceur:
Je puis vous le promettre, et cela sur l'honneur;
Mais ne nous cachez rien.

M. JACQUES.

De votre compagnie
Pour le souper monsieur fait sans doute partie?

LE COMMISSAIRE.

A prouver votre zèle il faut vous préparer,
Mon cher ami.

M. JACQUES.

Ma foi, je suis prêt à montrer
Tout mon petit savoir.

HARPAGON.

Ce n'est pas là l'affaire.

M. JACQUES.

Si je ne vous fais pas une aussi bonne chère
Que je voudrais, la faute en est à l'intendant :
Ce factotum, qui tranche ici de l'important,
Avec les grands ciseaux de son économie,
M'a de près rogné l'aile, et sans que je l'en prie.

HARPAGON.

Quels sots discours ici t'en viens-tu nous conter,
Et du souper qui donc songe à s'inquiéter?
Traître, écoute : je veux qu'à l'instant tu me dises
De l'argent qu'on m'a pris des nouvelles précises.

M. JACQUES.

On vous a, dites-vous, pris de l'argent, monsieur ?

HARPAGON.

Oui, coquin, et c'est toi que je crois le voleur ;
Je n'en saurais douter. Hâte-toi de le rendre,
Ou sinon, sur-le-champ je vais te faire pendre.

LE COMMISSAIRE (*à Harpagon*).

Ne le maltraitez pas, je dois le protéger.
Si par sa mine au moins de lui je peux juger,
Je crois qu'il est honnête, et qu'il va, sans contrainte,
(*A M. Jacques.*)
Vous découvrir le fait. N'ayez aucune crainte,
Mon ami, voulez-vous la chose confesser?
On va, loin de punir, vous bien récompenser.
Un grand vol est commis : il est plus que probable
Que vous devez savoir nouvelles du coupable.

M. JACQUES (*à part*).

Bon. Voici justement un moyen excellent
Pour me venger un peu de monsieur l'intendant.
Depuis qu'il est entré dedans cette demeure,
Il est le favori ; ses conseils à toute heure
On écoute, il est tout. Puis, j'ai là sur le cœur
Certains coups de bâton. Eh bien, à lui ! malheur.

HARPAGON.

Que rumines-tu là ?

LE COMMISSAIRE (*à Harpagon*).

Mon Dieu, laissez-le faire ;
Je crois qu'il se prépare à vous bien satisfaire.
Tantôt je vous l'ai dit avec quelque raison :
Cet homme m'a tout l'air d'un honnête garçon.

M. JACQUES.

Monsieur, si vous voulez qu'avec toute franchise
Ce que je pense et crois nettement je vous dise ;
C'est, je le parierais, votre cher intendant...
Il a fait le coup. Oui, pour moi c'est évident.

HARPAGON.

Valère ?

M. JACQUES.

Oui, monsieur.

HARPAGON.

Lui, qui semble si fidèle,
Et pour mes intérêts déploie un si grand zèle ?

M. JACQUES.

Lui-même. Oh ! c'est bien lui, comme ce n'est pas moi.

HARPAGON.

Et sur quoi le crois-tu ?

M. JACQUES.

Je le crois, par ma foi,
Sur ce que je le crois, sur ce que...

LE COMMISSAIRE.

Pour l'affaire
Donner renseignements précis est nécessaire.

HARPAGON.

Dis, autour de l'endroit où je mis mon argent
L'as-tu point vu rôder ?

M. JACQUES.

Sans doute, et très-souvent.
Cet endroit, quel est-il ?

HARPAGON.

Le jardin.

M. JACQUES.

Chose sûre,
Je l'ai vu rôder là, monsieur, je vous le jure.
Ne pourrais-je savoir dans quoi l'argent était ?

HARPAGON.

Dans une cassette.

M. JACQUES.

Oui, dans ses mains il tenait
Une cassette.

HARPAGON.

Mais, comment est-elle faite ?
Je verrai bien si c'est la mienne.

M. JACQUES.

Dans ma tête
Je cherche, et veux tâcher de me bien rappeler
Comme elle est faite.

HARPAGON.

Eh bien ?

M. JACQUES.

Pour vous la signaler,
Elle... est... faite... j'y suis, tout comme une cassette.

LE COMMISSAIRE.

Il faudrait préciser un peu plus pour l'enquête;
Voyons, dépeignez-la.

M. JACQUES.

L'objet... est... assez grand.

HARPAGON.

La cassette volée est petite.

M. JACQUES.

On comprend
Qu'elle est, et je réponds à ce qu'on me demande,
Petite dans un sens, pour le contenu grande.

LE COMMISSAIRE.

Et de quelle couleur est-elle ?

M. JACQUES.

Sa couleur
Vous désirez savoir?

LE COMMISSAIRE.

Dites, n'ayez pas peur.

M. JACQUES.

Elle est de couleur... Là... je crois... d'une certaine...
Ne sauriez-vous m'aider à dire? (*A part.*) Quelle peine !

HARPAGON.

Hé?

M. JACQUES.

Rouge, n'est-ce pas ?

HARPAGON.

Non, grise est sa couleur.

M. JACQUES.

Oui, gris rouge, c'est ça, c'est ça. Pour mon malheur
J'ai peine à m'expliquer.

HARPAGON.

Aucun doute n'existe;

C'est elle assurément. Monsieur, écrivez vîte.
Ciel, à qui se fier désormais! Je dis bien
Qu'il faut à l'avenir ne plus jurer de rien.
Après un tel forfait, par défiance extrême,
Je crois que je suis homme à me voler moi-même.

M. JACQUES (*à Harpagon*).

Le voici qui revient. N'allez par dire au moins
Que cette découverte est l'effet de mes soins.

SCÈNE III.

HARPAGON, UN COMMISSAIRE, VALÈRE, MAITRE JACQUES.

HARPAGON.

Viens ici confesser l'action la plus noire,
Et telle que jamais on n'en vit dans l'histoire.

VALÈRE.

Que voulez-vous, monsieur?

HARPAGON.

Quoi, de ton action
Ne sens-tu nul remords, nulle confusion?
Traître, un tel attentat, n'est-ce rien à ton compte?
Tu n'as donc pas de cœur? C'est à mourir de honte.

VALÈRE.

Mais de quel attentat voulez-vous donc parler?

HARPAGON.

Ah! de quel attentat? Infâme, à le céler
Tu chercherais en vain. La feinte est inutile;
L'affaire est découverte, et l'on vient, âme vile,
De m'apprendre... Abuser ainsi de ma bonté
Sous les dehors du zèle et de la probité!
Comment, traître, as-tu pu commettre un si grand crime,
Trahir ma confiance et tromper mon estime,
S'introduire chez moi, me jouer pareil tour?

VALÈRE.

Je ne chercherai donc, monsieur, aucun détour,
Puisque vous savez tout; et mon cœur je décharge
D'un secret qui me pèse.

M. JACQUES (*à part*).

Oh! oh! la bonne charge!
Eh quoi! sans y penser aurais-je été devin?

VALÈRE.

Oui, de vous en parler, monsieur, j'avais dessein.
Pour cela j'attendais un moment favorable;
Ne vous emportez point, je ne suis point coupable;
Veuillez, je vous conjure, un instant m'écouter.

HARPAGON.

Quelles belles raisons pourrais-tu me conter,
Voleur infâme?

VALÈRE.

Ah! ah! c'est par trop dur, je pense.
Envers vous, il est vrai, j'ai commis une offense;
Mais après tout, ma faute aux yeux de bien des gens
Est digne de pardon.

HARPAGON.

Comment, un guet-apens,
Un tel assassinat?

VALÈRE.

Sans vous mettre en colère,
De grâce, écoutez-moi. Dans toute cette affaire
Vous verrez que le mal est loin d'être aussi grand
Qu'il vous semble.

HARPAGON.

Il n'est pas si grand? Eh quoi! mon sang,
Pendard, n'est-ce donc rien? Mes entrailles, ma vie!

VALÈRE.

De vous faire aucun tort je n'eus jamais envie.
Votre sang n'est tombé que dans d'honnêtes mains.
Par ma condition, monsieur, quoique sans biens,
Je ne lui ferai tort en rien; prêt à tout faire,
Je puis tout réparer.

HARPAGON.

J'entends ainsi l'affaire :
Restituer d'abord le vol que tu m'as fait.

VALÈRE.

Oh! votre honneur sera pleinement satisfait.

HARPAGON.

L'honneur n'entre pour rien là-dedans. Misérable,
Qui donc t'a pu porter à cet acte coupable?

VALÈRE.

Vous me le demandez, hélas!

HARPAGON.

Mais oui, vraiment,
J'entends le demander, et sans perdre un moment...

VALÈRE.

Un Dieu, qui tient les cœurs en son charmant servage,
Et commande en despote à l'homme le plus sage,
L'amour.

HARPAGON.

Bel amour, oui, l'amour de mon trésor!

VALÈRE.

Moi, me laisser tenter par l'appât d'un peu d'or!
Non, ne le croyez pas. Gardez votre richesse,
Je n'y prétends en rien, mon cœur plein de tendresse,
Content du bien qu'il a, bien charmant, précieux,
De vous laisser vos biens ne demande pas mieux.

HARPAGON.

Je ne le ferai point, non, de par tous les diables,
Vit-on jamais pensers là plus déraisonnables,
De vouloir retenir le vol qu'il a commis ?

VALÈRE.

Appelez-vous un vol ?

HARPAGON.

Certes, crois-tu permis
De prendre un tel trésor?

VALÈRE.

C'est un trésor, sans doute,
Et le plus précieux que vous ayez.

HARPAGON.

Ecoute,
Il me le faut.

VALÈRE.

Daignez à moi le confier ;
A deux genoux, monsieur, je veux vous supplier ;
Vous ne le perdrez point ce trésor plein de charmes ;
Accordez-le de grâce à mes vœux, à mes larmes.

HARPAGON.

Non ferai, non jamais.

VALÈRE.

Nous avons fait serment
De ne point nous quitter.

HARPAGON.

Etrange attachement !

VALÈRE.

De nous aimer toujours, une foi mutuelle
Nous nous sommes promis.

HARPAGON.

La promesse est nouvelle,

Et le serment plaisant! Pour vous en empêcher,
Je n'aurai pas besoin d'aller bien loin chercher.

VALÈRE.

Mais ce serment, monsieur, tous les deux il nous lie
Pour être l'un à l'autre à jamais.

HARPAGON.

De ma vie
Je ne le souffrirai.

VALÈRE.

La mort, en nous frappant,
Seule nous déliera.

HARPAGON.

C'est après mon argent
Être bien endiablé.

VALÈRE.

Mon Dieu, votre richesse,
Je vous l'ai dit, n'est pas le motif qui me presse,
Et pour rien l'intérêt n'entre en mon action:
J'ai puisé dans mon cœur cette inspiration.

HARPAGON.

Il faut que la folie en vérité le tienne.
Oui, vous verrez que c'est par charité chrétienne
Qu'il veut avoir mon bien. D'une ou d'autre façon
La justice de tout va me faire raison.
Mais a-t-on jamais vu pareille effronterie?

VALÈRE.

Vous en pourrez user à votre fantaisie,
Monsieur, et me voilà de vous prêt à souffrir
Tout ce que vous voudrez. Mon plus grand déplaisir
Serait de vous entendre accuser votre fille.
Qu'à vos yeux comme aux miens son innocence brille:
En cas de mal, c'est moi seul qu'il faut accuser.

HARPAGON.

Ma fille ! quel besoin de vouloir l'excuser ?
A ce crime odieux je la crois étrangère ;
Je veux, entends-tu bien, retrouver mon affaire,
Et que par un aveu, j'apprenne ici de toi
Quand tu l'as enlevée, en quel endroit.

VALÈRE.

Qui, moi ?
Je ne l'ai point, monsieur, à votre amour ravie ;
Elle est encor chez vous.

HARPAGON (*à part*).

O cassette chérie !
(*Haut.*) Tu m'assures qu'elle est toujours dans ma maison ?

VALÈRE.

Oui, monsieur, vous tromper serait hors de saison.

HARPAGON.

Hé ! dis-moi, n'as-tu point d'une main indiscrète
Essayé d'y toucher ?

VALÈRE.

Hein ? Vous perdez la tête !
Y toucher, moi ? Mais c'est faire tort à tous deux.
D'un feu tout à la fois pur et respectueux
Pour elle, j'ai brûlé.

HARPAGON (*à part*).

Brûlé pour ma cassette !

VALÈRE.

Moi, lui faire paraître un penser malhonnête,
Lui causer seulement un léger déplaisir ?
Vous me connaissez mal ; j'aimerais mieux mourir.
Pour cela, je la sais trop sage, trop honnête.

HARPAGON (*à part*).

Que diable chante-t-il ? Parlant de ma cassette,
Il la dit trop honnête !

VALÈRE.

Hélas ! tout mon désir
De sa vue, oui, monsieur, se bornait à jouir.
L'amour que ses beaux yeux à mon cœur ont donné
Par rien de criminel ne fut point profané.

HARPAGON.

Beaux yeux de ma cassette !.. Eh mais, comme un amant
Parle de sa maîtresse, il en parle vraiment.

VALÈRE.

Dame Claude est au fait, monsieur, de l'aventure ;
Elle certifiera que c'est vérité pure.

HARPAGON.

Quoi, ma servante aurait par sa complicité...

VALÈRE.

Elle a de mon amour connu l'honnêteté ;
Et, grâce à ses conseils, votre charmante Élise
Se rendant à mes vœux, à la fin s'est soumise
A me donner sa foi. De notre engagement
Dame Claude témoin peut vous dire comment...

HARPAGON.

(A part.)
Hé ! Dans tous ses discours règne une incohérence
Qui ressemble très-fort à de l'extravagance.
La peur de la justice... (*A Valère.*) Ah çà, pourquoi mêler
A tout ceci le nom d'Élise et tout brouiller ?

VALÈRE.

Je dis, monsieur, je dis que j'eus très-grande peine
A la persuader. Oui, ce fut rude gêne,
Et sa douce pudeur a, depuis un seul jour,
Accepté le parti que voulait mon amour.

HARPAGON.

Hé ! la pudeur de qui ?

VALÈRE.

De votre aimable fille ;
Cet air de vrai bonheur qui dans mes regards brille,
Ce visage joyeux, plein de contentement :
Je les lui dois. Hier, tous deux mutuellement
Nous nous sommes promis, par écrit, mariage.

HARPAGON.

Ma fille aurait signé... Cesse ce badinage.

VALÈRE.

Je vous ai dit, monsieur, toute la vérité ;
La promesse est un fait certain, bien cimenté.

M. JACQUES (*au commissaire*).

Écrivez, écrivez.

HARPAGON.

De mal rengrègement !
Surcroît de désespoir ! Sans perdre un seul moment
De votre charge, allons, faites, faites le dû :
Larron et suborneur, il doit être pendu.

M. JACQUES.

Larron et suborneur, son procès ira vite.

VALÈRE.

De ces noms flétrissants aucun je ne mérite.

SCÈNE IV.

HARPAGON, ÉLISE, MARIANE, VALÈRE, FROSINE, MAITRE JACQUES, UN COMMISSAIRE.

HARPAGON.

Ah ! fille scélérate, effrontée et sans foi,
Tu ne méritais pas un père tel que moi ;
Sont-ce là les leçons, dis, que je t'ai données ?
As-tu pu te livrer à semblables menées ?
Tu choisis un voleur infâme pour amant,

Et lui donnes ta foi sans mon consentement ?
Tous deux serez trompés. (*A Élise.*) De couvent une grille
Me répondra de toi ; m'entends-tu bien, ma fille ?
(*A Valère.*) Pour prix de ton audace et de ta trahison,
La potence t'attend et me fera raison.
Tu n'auras pas volé ce supplice, je pense ?

VALÈRE.

Que parlez-vous, monsieur, de crime, de sentence ?
On ne jugera point par votre passion :
Avant de prononcer ma condamnation,
La justice voudra m'accorder audience.

HARPAGON.

Je me suis abusé de dire une potence ;
On te rouera tout vif, c'est...

ÉLISE.

Mon père, à deux mains
Je vous prie, ah ! prenez sentiments plus humains ;
Du pouvoir paternel bien grande est la puissance,
Ne poussez point la chose en cette violence.
Ne cédez pas, hélas ! aux premiers mouvements
De votre passion ; dans vos ressentiments,
Prenez le temps de voir ce que vous voulez faire.
Prenez la peine au moins d'envisager, mon père,
D'un œil plus doux celui dont vous vous offensez,
Il est bien différent de ce que vous pensez.
Vous m'avez jusqu'ici montré de la tendresse ;
Non, vous ne voudrez pas m'abreuver de tristesse,
Et vous blâmerez moins le don fait de mon cœur,
Quand vous saurez qu'à lui seul je dois le bonheur
De vivre près de vous. En ce péril extrême,
Qui donc sauva mes jours ? C'est Valère, le même
Que vous voulez...

HARPAGON.

Tout ça ne peut m'apitoyer,
Il valait mieux pour moi qu'il te laissât noyer,
Que de faire un tel trait.

ÉLISE.

Hélas ! je vous conjure,
Par l'amour paternel, de me...

HARPAGON.

Non, je l'assure,
Je n'écouterai rien; pour lui point de pardon,
Justice aura son cours.

M. JACQUES (*à part*).

Pour ces coups de bâton
Dont tu t'es régalé, je m'en donne à cœur joie.

FROSINE (*à part*).

Dans tout cet embarras, moi-même je me noie.

SCÈNE V.

ANSELME, HARPAGON, ÉLISE, MARIANE, FROSINE, VALÈRE, UN COMMISSAIRE, MAITRE JACQUES.

ANSELME (*à Harpagon*).

Qu'est-ce donc; je vous vois tout émotionné ?

HARPAGON.

Des hommes vous voyez le plus infortuné.
Ah ! ma position est triste, déplorable !
Le malheur, quel malheur ! de tous côtés m'accable :
Le trouble et le désordre habitent ma maison;
C'est au point d'en venir à perdre la raison.
Vous venez pour signer le contrat, j'imagine.
Puis-je m'en occuper lorsque l'on m'assassine,

Aussi traîtreusement, dans mon bien, mon honneur?
Voilà le scélérat, de tous mes maux l'auteur,
Un traître, sans honneur comme sans conscience,
Pour qui rien n'est sacré, qui, rempli d'impudence,
S'est introduit chez moi sous un masque menteur.
J'en faisais mon ami bien plus qu'un serviteur.
Pour prix de mes bontés, cet homme sans famille,
Me volait mon argent et subornait ma fille.

VALÈRE.

De votre argent, monsieur, qui donc fait tant de cas?
Qui donc y pense? Et quant à ce galimatias
Dont vous embrouillez tout, je n'y puis rien comprendre.

HARPAGON.

Par un écrit signé n'ont-ils pas osé prendre
Entr'eux l'engagement formel de s'épouser,
De mon consentement prétendant se passer!
Comme moi, plus que moi cet affront vous regarde,
Il attaque un honneur commis à votre garde;
A vous à le défendre et même à vos dépens;
Poursuivez-moi cet homme et sans perdre de temps,
Afin de vous venger d'une telle insolence.

ANSELME.

Lorsque de contracter avec vous alliance
Je formai le dessein, j'espérais que le cœur
De votre aimable fille acceptait mon bonheur.
A me faire épouser par force je ne pense,
Et ne recherche pas un cœur donné d'avance;
Que si vous désirez mon concours, je suis prêt
Comme mien propre à prendre ici votre intérêt.

HARPAGON.

Monsieur que vous voyez, honnête commissaire,
N'oubliera rien, dit-il, de tout ce qu'il doit faire.

(Au Commissaire, montrant Valère.)
Chargez-le comme il faut, rendez-le criminel
Le plus que vous pourrez : c'est plaire à tous, au ciel.

VALÈRE.

Pourquoi donc m'accuser d'action vile et lâche,
Et de crime traiter un amour pur, sans tache,
Partagé ? Quelle peine on pourrait m'appliquer,
Je cherche en vain. A vous, monsieur, de m'expliquer
Pour notre engagement et le crime et la peine.
Mon nom connu rendra votre poursuite vaine.

HARPAGON.

Tous ces contes en l'air ne me donnent qu'ennui.
De ces voleurs de nom le monde d'aujourd'hui
Est plein, il en regorge, et tous de leur noblesse
Seraient bien empêchés de montrer quelque pièce.
Dans leur obscurité cachés, ces imposteurs
Prenant insolemment de beaux dehors menteurs,
S'habillent sans façon du premier nom illustre
Qu'ils trouvent sous leur main pour se donner du lustre.

VALÈRE.

Sachez que j'ai le cœur trop bon, trop bien placé,
Pour voler titre ou nom. Ce travers insensé
Ne peut m'être imputé ; car de mon vrai lignage
Tout Naples vous rendra l'assuré témoignage.

ANSELME.

Tout beau ; si vous alliez par trop vous avancer,
Vous risqueriez beaucoup. Veuillez-y bien penser ;
Car Naples tout entier est de ma connaissance.
Rien dans votre récit, malgré votre assurance,
Ne saurait me tromper.

VALÈRE.

Monsieur, je ne crains rien.
Naples vous est connu ; dès-lors vous savez bien
Ce qu'était dom Thomas d'Alburci.

ANSELME.

Mais, sans doute.
Nul ne le connut mieux que moi, je vous écoute.

HARPAGON.

Dom Thomas, dom Martin, eh! que me font ces gens?
(*Harpagon voyant deux chandelles allumées en souffle une.*)

ANSELME.

Ah! laissez-le parler, de grâce; en peu d'instants,
Ce que de dom Thomas il sait, il va nous dire.

VALÈRE.

C'est à lui que je dois le jour.

ANSELME.

Vous voulez rire,
Lui votre père?

VALÈRE.

Oui.

ANSELME.

Non. De nous c'est vous moquer,
A quelque meilleur conte il faut vous attaquer.
Vous prétendez en vain, dans cette conjoncture,
Vous sauver par si folle et si fausse imposture.

VALÈRE.

Songez à mieux parler. Pourquoi vous défier
De moi, de mes discours? Je puis justifier
Ce que j'avance ici.

ANSELME.

Quoi, vous osez vous dire,
Fils de dom d'Alburci?

VALÈRE.

Je suis prêt à l'écrire,
Puis à le soutenir envers et contre tous.

ANSELME.

Quelle audace! De dom d'Alburci le fils, vous?
A vos discours, monsieur, pour apporter créance,
Il ne me faudrait pas avoir la connaissance
Que d'Alburci, sa femme et leurs jeunes enfants
Ont tous péri sur mer, depuis près de seize ans.
Aux persécutions pour dérober sa vie,
Il dût abandonner Naples, douce patrie!
L'exil, en les frappant, contraignit de s'enfuir.
De nobles citoyens proscrits.

VALÈRE.

Je veux jouir
De la confusion due à la défiance.
Eh bien! Apprenez donc que son fils dans l'enfance,
Un navire espagnol rencontré par bonheur
Le sauva du naufrage avec un serviteur.
Ce fils sauvé, c'est moi. De bonté peu commune,
Le brave commandant, touché de ma fortune,
Me chérit, me traita comme son propre fils;
Je l'aimai comme un père, et suivant ses avis,
Devenu grand, je pris le beau métier des armes.
Souvent mes souvenirs faisaient couler mes larmes;
De mes parents perdus je déplorais le sort.
Mais depuis peu j'appris, ô bonheur! que la mort
De mon père épargna les jours. Sans plus attendre,
Et pour le retrouver, je veux tout entreprendre.
Je pars pour le chercher, quand un événement,
Par le ciel amené (je l'en bénis vraiment),
Me fit voir en ces lieux cette charmante Elise.

Sans me faire oublier en rien mon entreprise,
En esclave soumis, l'amour à ses beautés
M'eut enchaîné bientôt; et les sévérités
D'un père soupçonneux, je ne puis m'en dédire,
M'ont fait prendre parti chez lui de m'introduire,
Et de charger quelqu'un de chercher mes parents.

ANSELME.

Autres que vos discours quels seraient vos garants?
N'avez-vous point de signe, un témoin respectable
Prouvant que ce récit ne soit pas une fable
Que sur la vérité vous auriez su bâtir ?

VALÈRE.

Le brave commandant, qui, me voyant partir,
M'a remis un cachet de rubis à mon père,
De plus un bracelet d'agathe que ma mère
M'avait mis à ce bras, et ce vieux serviteur,
Pédro, qui, du naufrage échappé, par bonheur
Vit encore.

MARIANE.

J'entends la voix de la nature
Qui me dit que ceci n'est point une imposture;
Et par votre récit je connais clairement
Que vous êtes mon frère.

VALÈRE.

Ah! vous ma sœur!

MARIANE.

Vraiment,
A vos premiers discours mon âme s'est émue.
De nos malheurs souvent je fus entretenue.
Pauvre mère! Combien le bonheur de vous voir
Va ranimer son cœur réduit au désespoir.

Le ciel ne nous fit point périr dans ce naufrage,
Il ne sauva nos jours qu'au prix de l'esclavage.
Un corsaire, ma mère et moi, nous recueillit.
Naples, après dix ans d'absence, nous revit;
Tous nos biens à la fois confisqués, la misère
Nous attendait; le sort de notre excellent père
Nous restait inconnu; nous dûmes en partir.
A Gênes, on voulut enfin nous départir,
D'une succession qu'on avait déchirée,
Quelques tristes débris. Au malheur préparée,
Fuyant l'inimitié de barbares parents,
Ma mère, en ces lieux vint, où, depuis tout ce temps,
S'écoule dans les pleurs sa languissante vie.

ANSELME.

Dieu! Qu'il faut admirer ta puissance infinie!
Il n'appartient qu'à toi, tu sais bien le prouver,
D'opérer un miracle. Heureux de retrouver,
De presser dans ses bras ses enfants, votre père
Veut aux plus doux transports livrer son âme entière.

VALÈRE.

Vous êtes notre père?

MARIANE.

Hélas! que votre sort
Nous a coûté de pleurs donnés à votre mort,
A ma mère surtout!

ANSELME.

Oui, mon fils, oui, ma fille,
Je suis ce d'Alburci que pleurait sa famille.
A la fureur des flots le ciel en m'arrachant,
M'a donné de sauver avec moi mon argent.
Privé de vous, croyant votre perte certaine,
Je vécus malheureux seize ans, dans grande peine.

Pour me distraire un peu , soulager ma douleur,
J'ai voyagé longtemps , partout. Mon triste cœur
Ici se proposait, par un autre hymenée,
De changer et de vaincre enfin sa destinée.
De Naples le séjour m'offrait un vrai danger,
A n'y plus retourner tout venait m'engager :
Plus d'amis , plus de biens. Je fixai ma demeure
Enfin dans ce pays. Ce nom que tout à l'heure
On me donnait, Anselme, en échange du mien
Je le pris, espérant avec un peu de bien
Finir mes tristes jours, lâs , loin de ma patrie !
L'autre nom rappelait à mon âme attendrie
Des malheurs si nombreux et des chagrins si grands !

HARPAGON.

C'est votre fils ?

ANSELME.

Oui.

HARPAGON.

Bon, pour garant je vous prends
De mes dix mille écus en or, énorme somme
Qu'il m'a volés.

ANSELME.

Qui, lui ?

HARPAGON.

Lui, lui, le bon jeune homme.

VALÈRE.

Qui vous dit cela ?

HARPAGON.

C'est maître Jacques.

VALÈRE (*à M. Jacques*).

C'est toi
Qui le dis ?

M. JACQUES.

Monsieur voit que je me tiens bien coi,
Sans dire un mot.

HARPAGON.

Voilà monsieur le commissaire
Qui, là, sur son verbal, constate qu'au contraire
Il a tout dévoilé. Sa déposition
En fait foi.

VALÈRE.

Pouvez-vous de si lâche action,
Monsieur, un seul instant me soupçonner capable?

HARPAGON.

Que tu le sois ou non, il existe un coupable ;
Je veux et je prétends, moi, ravoir mon argent.

SCÈNE VI.

HARPAGON, ANSELME, ÉLISE, MARIANE, CLÉANTE, VALÈRE, FROSINE, UN COMMISSAIRE, MAITRE JACQUES, LA FLÈCHE.

CLÉANTE.

Mon père, il ne faut pas vous tourmenter autant :
Je vous engage encor à n'accuser personne.
De votre argent j'ai su la nouvelle; elle est bonne.
Il vous sera rendu, je puis le garantir ;
Cela dépend de vous. Voulez-vous consentir
A céder à mes vœux ma Mariane aimée?

HARPAGON.

Ma cassette?

CLÉANTE.

En lieu sûr je la sais enfermée.

Entr'elle et Mariane il faut de suite opter :
Cédez et l'on vous rend l'argent sans hésiter.

HARPAGON.

N'en a-t-on rien ôté?

CLÉANTE.

Non, pas même une obole.
Votre consentement, et je tiens ma parole.
Sa mère aujourd'hui veut, accédant à ses vœux,
Que Mariane fasse un choix entre nous deux.

MARIANE (*à Cléante*).

Mais le consentement de ma bien tendre mère
Ne suffit plus, il faut m'obtenir de mon père;
Car le ciel a daigné, dans ce bienheureux jour,
(Montrant Valère, Anselme.)
Rendre à la fois un frère, un père à mon amour.

ANSELME.

Le ciel, mes chers enfants, en vous rendant un père,
Ne le fait pas pour être à vos doux vœux contraire.
Hé! seigneur Harpagon, si d'un ami la voix
Est par vous écoutée, il vous dit que le choix
Tombera sur le fils de préférence au père.
De vous le faire dire, il n'est pas nécessaire.
Restons toujours amis, et par un double hymen
Unissons nos enfants : votre main dans ma main.

HARPAGON.

Mais revoir ma cassette est un point nécessaire
Pour me donner conseil.

CLÉANTE.

Vous la verrez entière.

HARPAGON.

A mes enfants, en dot, je ne saurais donner
Le moindre argent.

ANSELME.

Pour deux j'en veux abandonner.

HARPAGON.

Ferez-vous tous les frais de chaque mariage ?

ANSELME.

A payer tous ces frais, mon ami, je m'engage ;
Êtes-vous satisfait ?

HARPAGON.

J'oublierai tout dépit,
Si vous me fournissez pour la noce un habit.

ANSELME.

D'accord. De nos enfants partageant l'allégresse,
Laissons-nous attendrir par cette douce ivresse
Qui les possède tous.

LE COMMISSAIRE.

Hé! messieurs, un instant,
S'il vous plaît ; car enfin on me doit de l'argent
Pour mon verbal.

HARPAGON.

Il est tout-à-fait inutile.

LE COMMISSAIRE.

De s'acquitter ainsi la méthode est facile ;
J'entends être payé.

HARPAGON (*montrant M. Jacques*).

Soit. Pour votre paiement
Je vous donne cet homme à pendre.

M. JACQUES.

Hélas! comment,
Faut-il donc dans la vie et dire et se conduire ?
Nombreux coups de bâton on me donne pour dire

L'exacte vérité. Voilà que pour mentir
On veut me pendre, hélas! Le moyen d'en sortir?

ANSELME (*à Harpagon*).

Il faut lui pardonner.

HARPAGON.

Payez le commissaire,
Je ne dis plus rien.

ANSELME.

Soit. Allons à votre mère
Annoncer notre joie et la rendre au bonheur.

HARPAGON.

Et moi, voir ma cassette, elle est tout pour mon cœur.

FIN.

ERRATA.

Page 19, *vers* 16, *au lieu de :*

D'avoir dans mon jardin enterré telle somme ;

Lisez :

D'aller dans mon jardin enterrer telle somme ;

Page 37, *vers* 3, *au lieu de :*

T'avais-je pas donné l'ordre d'attendre ici ?

Lisez :

N'avais-tu pas reçu l'ordre d'attendre ici ?

Page 39, *vers* 5, *au lieu de :*

Et je crois qu'il faudra que nous y passions ;

Lisez :

Et je crois qu'il faudra que nous les subissions ;

Page 41, *après ces mots :*

Taffetas changeant rouge et bleu.

Ajoutez :

Plus un pavillon à queue, d'une bonne serge d'Aumale rose sèche, avec le mollet et les franges de soie.

Page 70, *vers* 5, *au lieu de :*

Quand je les vois tous deux jeunes et dépérir ;

Lisez :

Quand je les vois tous deux jeûner et dépérir ;

Page 89, *vers* 15, *au lieu de :*

De ne m'avoir pas fait avant la confidence ;

Lisez :

De ne m'avoir pas mis dans votre confidence.

Pages 129 *et* 130, *au lieu de :*

dom, *lisez :* Dom.

Le Mans, imp. Etiembre & Beauvais. — 1859.

www.ingramcontent.com/pod-product-compliance
Ingram Content Group UK Ltd.
Pitfield, Milton Keynes, MK11 3LW, UK
UKHW031908260826
14628UKWH00003B/1057

9 782019 291792